OS DOZE
TRABALHOS DE
HÉRCULES

Os doze trabalhos de Hércules

Copyright © 2023 by Clóvis de Barros Filho / Joel Jota

1ª edição: Novembro 2023

Direitos reservados desta edição: CDG Edições e Publicações

O conteúdo desta obra é de total responsabilidade do autor
e não reflete necessariamente a opinião da editora.

Autores:
Clóvis de Barros Filho
Joel Jota

Preparação de texto:
Equipe Citadel

Revisão:
Debora Capella

Projeto gráfico e diagramação:
Vitor Donofrio (Paladra Editorial)

Capa:
Rafael Brum

DADOS INTERNACIONAIS DE CATALOGAÇÃO NA PUBLICAÇÃO (CIP)

Barros Filho, Clóvis de
  Os 12 trabalhos de Hércules / Clóvis de Barros Filho, Joel Jota. — Porto Alegre : Citadel, 2023.
  320 p.

ISBN 978-65-5047-276-4

1. Mitologia grega 2. Hércules (Mitologia) I. Título II. Jota, Joel

23-6434   CDD - 292.13

Angélica Ilacqua - Bibliotecária - CRB-8/7057

Produção editorial e distribuição:

contato@citadel.com.br
www.citadel.com.br

CLÓVIS DE BARROS FILHO
JOEL JOTA

OS DOZE
TRABALHOS DE
HÉRCULES

2023

SUMÁRIO

Prefácio	7
Introdução	11
Capítulo 1 Relato sem autor	13
Capítulo 2 A moral do mito	17
Capítulo 3 Nascemos para a ação	22
Capítulo 4 Anfitrião	27
Capítulo 5 Acrasia	31
Reflexões e ações inspiradas pelos mitos de Hércules (por Joel Jota)	36
Capítulo 6 12 contra 1	40
Capítulo 7 Regresso em ódio	44
Capítulo 8 Braçal e boçal	48
Capítulo 9 Gêmeos nada a ver	54
Capítulo 10 Ao Lino, com carinho	57
Entre a força e a razão: reflexões sobre a jornada de Hércules (por Joel Jota)	62
Capítulo 11 Anfitrião matou Electrião	65
Capítulo 12 O pai e os tribunais	69
Capítulo 13 Só uma perguntinha	75
Capítulo 14 Ricocheteio maroto	79
Capítulo 15 Famoso sem saber	83
Entre destino e decisão: aprofundando-se na jornada de Hércules (por Joel Jota)	87
Capítulo 16 Narizes, orelhas e mãos	90
Capítulo 17 Turminha medrosa essa	95
Capítulo 18 Uma vitória e um luto	99
Capítulo 19 À sua imagem e semelhança	104
Capítulo 20 Já fez isso ontem	110
Superando obstáculos e revelando potencial: as lições de Hércules (por Joel Jota)	113

Capítulo 21 Chifre divino 116

Capítulo 22 Juramento desastrado 120

Capítulo 23 Sem lenço e sem documento 123

Capítulo 24 Qual será o meu? 126

Capítulo 25 A cigana lê o meu destino 131

*Superando desafios e transformando a dor em força
(por Joel Jota)* 135

Capítulo 26 Espelhos d'água 138

Capítulo 27 Dias piores virão 143

Capítulo 28 Voadoras e malcheirosas 147

Capítulo 29 Bosta de castor manco 151

Capítulo 30 Vamos a Delfos! 154

Os desafios e o despertar de um herói (por Joel Jota) 157

Capítulo 31 Maluco nada beleza 160

Capítulo 32 Nascido para o heroísmo 163

Capítulo 33 Leão lunático 169

Capítulo 34 O tamanho da coragem 173

Capítulo 35 Mata-leão vem daí 177

A ascensão do herói (por Joel Jota) 182

Capítulo 36 Na barriga do rei 185

Capítulo 37 Válvulas de descarga 189

Capítulo 38 Todas as caras de sono 195

Capítulo 39 Duas no lugar de uma 199

Capítulo 40 Parceria corta e queima 204

*Além dos limites: a superação de Hércules
(por Joel Jota)* 208

Capítulo 41 Hera escrota 211

Capítulo 42 Mais famoso que os Beatles 216

Capítulo 43 Imortalidade transferida 220

Capítulo 44 Pé frio 226

Capítulo 45 Como nos apetece 232

*Desafios e revelações no caminho do herói
(por Joel Jota)* 236

Capítulo 46 Castanholas enlouquecem 238

Capítulo 47 "Merde!" 243

Capítulo 48 Ilha dos chifres 249

Capítulo 49 El libertador de los burros 255

Capítulo 50 Cinto muito 260

A superação de Hércules: lições de força e sabedoria (por Joel Jota) 266

Capítulo 51 Carne de pescoço 269

Capítulo 52 As maçãs do fim do mundo 273

Capítulo 53 Deixa o véio quieto! 276

Capítulo 54 Abóbora celeste 282

Capítulo 55 Com chave de ouro 289

As lições de Hércules para a vida moderna (por Joel Jota) 293

Capítulo 56 Vai que é molezinha! 296

Capítulo 57 Avisa a Dejanira, por favor! 301

Capítulo 58 Giving a chance 305

Capítulo 59 Pluralidade cerebral 309

Capítulo 60 Areia para seis olhos 313

Desvendando as profundezas da coragem e da sabedoria (por Joel Jota) 317

Conclusão 319

PREFÁCIO

Conheci o professor Clóvis de Barros Filho na avenida Castelo Branco, em São Paulo, junto a uma banca de pamonha. Captou de tal forma a minha atenção que parei para o observar e não perder qualquer pitada daquela cena insólita. Todo ele era tesão pela vida. Falava num tom de voz entusiasmado e gesticulava como um maestro extasiado, enquanto dirigia o raciocínio do Jô, e de todos os espectadores, numa cadência de conclusões harmoniosas sobre *a vida que vale a pena ser vivida*. Ali, naquela sequência de pensamentos, o gabarito da vida era o número de pamonhas que alegram o bucho humano. Embora o professor se tenha apressado a explicar que os gabaritos da vida podem ser infinitos, que a vida não se deixa traduzir por fórmula de espécie alguma e que cabe a cada um de nós descobrir a sua.

Esse encontro inédito alegrou-me de tal maneira, que fui levada a concluir que a felicidade, *a minha*, estava, *também*, no encontro com esse professor. Por isso, nunca mais o perdi de vista. Afinal de contas, o fim último do Homem é buscar a vida boa ou, pelo menos, aproximar-se o mais possível daquilo que o faz feliz. E os encontros com o professor faziam-me, *e fazem-me*, feliz.

Comecei a equacionar mil e uma maneiras de ser sua aluna. Mas era impossível. Afinal, vivo em Portugal. Então, deste lado do Atlântico, ia ouvindo os seus *podcasts*, as suas palestras e entrevistas, nas quais deixava escapar, entre tantos outros ensinamentos que me encantavam, que *enquanto há vida, há resistência*. E eu nunca perdi a esperança de um dia me sentar na primeira fila de uma das suas salas de aula.

Reza o Evangelho segundo S. Mateus: *pede e ser-te-á dado, busca e encontrarás, bate e a porta será aberta*. E assim se cumpriu. Em 2021, graças à desgraçada pandemia e ao bem-aventurado *on-line*, a porta abriu-se. Finalmente, tornava-me aluna do professor, num dos cursos mais fascinantes a que já tive acesso. Chamava-se "Clássicos do Pensamento". Estava criado o elo. Para sempre. Se é que isso do *para sempre* existe. Tema, quem sabe, para pedir explicações ao professor, futuramente.

A filosofia, essa, instalou-se de vez na minha vida. De mão dada com o professor, conheci Aristóteles, Platão, Agostinho, Epicuro, Lucrécio, Sêneca, Tomás de Aquino, Cícero, Epicteto, Marco Aurélio e Homero. E o tanto que eu gostei de ler a *Odisseia* pela mão do professor! De revisitar a guerra de Troia e de perceber que, basicamente, todos buscamos o nosso lugar no mundo, com uma sede tal, que nem a imortalidade oferecida pela bela Calipso se sobrepõe à felicidade de vivermos mortal e mundanamente no lugar que nos pertence e onde jamais sentimos falta de coisa alguma.

O ponto de partida do meu professor de filosofia é sempre ajudar todos que o queiram ouvir a pensar nas grandes questões da humanidade, tarefa que, antes da filosofia, estava a cargo da mitologia. Foi assim que chegamos, ou cheguei, ao curso "A Filosofia dos Mitos" e a Hércules. Esse herói de força sobre-humana, filho de Zeus, a quem são pedidos doze trabalhos de grande dificuldade para que seja merecedor de uma vida boa, regida pelo discernimento, contrária à vida subordinada aos impulsos, às inclinações e aos apetites. Uma vida que em nada, ao que parece, nos dignifica. A nós, humanos. Assim é o entendimento dos deuses.

A história que se segue não mais é do que isso. Uma sequência de peripécias, fertilizadas pela imaginação, que nos convida a ficar face a face com muitos dos sobressaltos da nossa própria existência. Peripécias fertilizadas pela imaginação e pela habilidade do professor Clóvis, que tem a rara capacidade de nos fazer querer ouvi-lo sempre mais. Ao contrário das pamonhas, as histórias que o professor nos dá a engolir nunca empanturram. Queremos sempre mais.

Com esse professor aprendi que os circuitos de consagração social serão tanto mais eficazes quanto maior for a distância social do objeto consagrado. Ora, não sei, sinceramente, se depois de tantas aulas, o professor Clóvis é para mim um objeto próximo ou distante. Convenhamos que um bom professor é uma joia rara que se guarda no lado esquerdo do peito. Por isso, ainda que dele me separe um oceano, é de coração ao largo mas de peito aberto que sou levada a exaltar a sua mestria em nos fazer querer que uma história por si narrada não chegue ao fim nunca.

Dizem que talvez Felicidade seja isso. Um momento inédito, virginal, capaz de proporcionar uma surpresa tal que gostaríamos que nunca acabasse, pois é nesses momentos que nos apercebemos de que a vida, apesar de não ter fórmula alguma e de ser extraordinariamente competente em nos entristecer, é sempre uma graça digníssima de ser buscada e fantástica de ser vivida. Palavras do professor a quem eu, finalmente, passo a palavra.

Não sem antes dizer: obrigada, professor Clóvis, muito, por esse dom a serviço dos outros.

Isabel Caçorino

Introdução

Ao me deparar com a magnífica oportunidade de coescrever este livro ao lado do professor Clóvis, sinto-me inundado por uma gratidão profunda e um respeito imensurável. Professor Clóvis, uma mente brilhante e um coração que transborda sabedoria, tem sido uma fonte de inspiração não só para mim, mas também para incontáveis almas sedentas de conhecimento e compreensão sobre a essência da vida.

Nesta obra, juntamos nossas visões e reflexões para recontar as aventuras de Hércules, buscando desvendar as camadas mais profundas de sua jornada e, através dela, iluminar os caminhos de nossas próprias vidas. É uma honra imensurável caminhar lado a lado com o professor Clóvis nesta jornada de exploração, em que as antigas lendas se entrelaçam com a modernidade de nossos dias, criando um diálogo entre o passado e o presente, entre o mito e a realidade.

Este livro é um convite à introspecção e à coragem, inspirado pelas lições de um dos maiores heróis da mitologia e pela sabedoria atemporal do professor Clóvis. Espero que, ao longo destas páginas, você encontre não apenas as façanhas de um herói lendário, mas também a força e a sabedoria para enfrentar os desafios de sua própria vida. Com profundo agradecimento e admiração, dedico este livro a todos aqueles que, como nós, acreditam no poder transformador da educação e na jornada eterna do aprendizado.

Joel Jota

Capítulo 1
Relato sem autor

██

Era uma vez um homem muito forte...

* * *

Nosso primeiro objetivo é contar a história do herói chamado Hércules. Ela é fantástica, divertida de ler, encantadora de imaginar, rica em situações fascinantes e cheia de personagens maravilhosos.

Essa história vem grafada aqui com *h*. Em tempos de curso primário, aprendíamos que a história do que aconteceu de fato deveria ser escrita com *h*, como, por exemplo, a história do Brasil, enquanto as estórias inventadas eram com *e*, como as lendas e as fábulas.

Hoje essa distinção foi por água abaixo. Todas elas são com *h*. Até porque não faltam pessoas inteligentes para problematizar essa fronteira, aparentemente tão clara, entre fato e ficção. Desse modo, a nossa história do Hércules também fica com *h*, mesmo você sabendo que a narrativa apresentada não corresponde a fato algum.

Usamos o termo *história* no seu sentido mais amplo e genérico. Aquele abraçado pelo senso comum menos exigente. Todo relato da vida de alguém, tendo esse último existido ou não, é uma história. Mas suponho que muitos leitores estejam incomodados.

* * *

Afinal, sabemos todos, Hércules, filho de Zeus, é personagem da mitologia. O relato de sua vida e de suas aventuras configura, portanto, um mito. Agora sim! Estamos diante de um mito. O uso dessa nomenclatura tranquiliza os entendidos.

* * *

Resta explicar, desse jeito simplório que é o nosso, o que distingue um mito de outras histórias.

Antes de propor essa distinção, observo que gente muito importante considera desnecessário gastar parágrafos a respeito disso.

O grande antropólogo Claude Lévi-Strauss, por exemplo, dizia que um mito, grego ou de qualquer outra parte, é reconhecido logo nas primeiras palavras pelo que é. Está na cara, como se dizia antes. Ninguém o confundiria com nenhuma outra forma de relato.

Ainda assim, para os que, porventura, não considerem tão óbvio identificar um relato mítico, não custa nada apontar alguns traços distintivos bem simples.

É só me acompanhar.

Você, querida leitora, atencioso leitor, há de concordar. Vendo apenas pela aparência, as diferenças são abissais quando comparamos um mito a um relato histórico ou jornalístico. São menores, com certeza, se a referência for um relato literário, como um romance. E igualmente sutis se o parâmetro for a poesia.

Vamos juntos agora alguns metros além da simples aparência.

* * *

Tanto na História quanto no Jornalismo — voltados aos fatos — e na literatura de romances, assumidamente ficcionais, os textos são sempre produzidos, apresentados e publicados por um autor. A este atribui-se origem e titularidade. Por isso, esse autor se responsabiliza por sua existência no mundo.

Assim, *Rota 66* é livro-reportagem de Caco Barcellos. E *O primo Basílio* é romance de Eça de Queirós. Sem os seus autores, as obras não existiriam. Estas lhes devem tudo da sua existência.

Não é o caso do mito. Pelo contrário. Trata-se de um relato supra-autoral, cuja origem remonta a tempos remotos e imprecisos. O mito circula, enquanto relato, não se sabe bem desde quando. Remonta a fontes que se diluem, que em algum momento se perdem.

Assim, alguém diz que ouviu aquele relato contado pelo avô, que, provavelmente, aprendeu com o pai dele, que teria escutado de um tal Sinfrônio, filho de

Laerte, que, por sua vez, escutava as histórias do tio, que, por sua vez, não sabemos como ficou sabendo.

Assim, todo relato mítico é entendido como já existente antes que qualquer autor se disponha a narrá-lo.

Desse modo, em nada se assemelha à construção ficcional de um romance ou de uma peça de teatro. Não corresponde a nenhuma criação de um espírito individual.

Por isso, mais do que o autor criador, importa no mito o modo como foi transmitido ao longo das gerações. Depende menos de um talento criativo pessoal e mais da memória dos que se dispõem a contá-lo para seus filhos e netos.

Um mito só se conserva vivo à medida que é contado e recontado. Cada iniciativa, seja de quem for, de relatar um mito fá-lo existir e continuar existindo.

Desse modo, vocês leitores e leitoras, bem como eu, estamos dando vida a Hércules, passando adiante essa história do que ele sempre foi e nunca deixou de ser: um mito.

E por aqui ficamos neste capítulo. Se você, ao longo da leitura, deixou o espírito solto e este deu uma volta por aí, afastando-se do texto, leia de novo. Conserve sempre o espírito junto dos olhos. Não custa quase nada. É curtinho. E assim permanecemos juntos.

Capítulo 2
A MORAL DO MITO

Quem conta o mito, antes de tudo, o mantém vivo. Assim terminamos o capítulo 1.

Contar o mito de Hércules. É o que pretendo fazer aqui com vocês nas páginas que seguem. Sinto-me, na condição de pré-idoso, apoiado numa quase bengala, cercado de infantes, preparando-me para contar as suas aventuras e contribuir para a sua sobrevivência. É tudo de que um mito precisa.

* * *

Mas contar essa história não é o nosso único objetivo. Nem mesmo o principal. Para isso, há muitos contadores de histórias, mais competentes e sedutores. Interessa-nos, sobretudo, o que está por trás da trama e de suas ocorrências.

Estamos nos referindo ao que o senso comum chamou um dia de "moral da história". No nosso caso, a moral do mito. Seja supondo o que os antigos inferiam desses acontecimentos enquanto sabedoria de vida, seja destacando o que nós mesmos consideramos relevante para nossa existência.

Encontraremos, por intermédio dos fatos descritos, alusões preciosas que anteciparam com genialidade alguns dos grandes temas da filosofia.

* * *

De fato.

A mitologia foi — antes mesmo da filosofia — o modo que os humanos consideravam mais adequado para organizar seus pensamentos; para manifestar suas inquietações metafísicas maiores, tais como a morte, a finitude, Deus, a origem das coisas, o sentido da vida, a vida boa, a justiça etc. Finalmente, para comunicar suas reflexões, bem como para deixá-las em legado.

Mas, como sabemos, esse modo de pensar — sem desaparecer por completo — é seguido e superado por outro. A filosofia.

Este nosso livro resgata o primeiro, a mitologia, sem abrir mão do segundo, a filosofia. Não saberíamos fazer de outra forma.

Fomos todos formados no mundo ocidental, ele mesmo parido e esculpido pelos parâmetros da racionalidade filosófica. Bastam dois dedos de prosa na civilização que é a nossa para que esse jeito de usar a razão tome conta da vida do nosso espírito de vez.

Por isso, vamos em frente com o que temos na mão.

* * *

Há entre a mitologia e a filosofia um liame controverso. Muitos e relevantes pensadores consideram o advento desta segunda um milagre. O chamado milagre grego. Nesse caso, a ênfase é toda na ruptura entre ambas. Um milagre é ocorrência sem causa. Nada teriam que ver uma com a outra.

Mas há quem pense diferente. Quem veja alguma continuidade — ressalvadas as imensas diferenças — entre o modo mitológico de pensar e o advento da filosofia ela mesma. Embora menos numerosos, os defensores dessa tese são de quilate equivalente. O filósofo Luc Ferry e o antropólogo Francis Cornford são seus mais ardorosos defensores.

De acordo com esse entendimento, a filosofia teria herdado da mitologia suas preocupações mais fundamentais. Com destaque para a questão da vida boa para os mortais. Ou seja, uma reflexão sobre os valores da vida. Ou, ainda, o que — na vida de mortais humanos — lhes daria a certeza de que a vida tenha sido bem vivida, ou tenha valido a pena ser vivida.

Nesse caso, a noção de milagre tornar-se-ia inadequada para explicar a origem desse modo tão particular da vida do espírito que surgiu na Grécia em torno de cinco séculos antes de Cristo.

A filosofia corresponderia a um movimento de secularização da cultura grega, até então confinada a uma concepção propriamente religiosa das grandes questões da humanidade.

Desse modo, os ditos filósofos vão herdar muito das preocupações já presentes nos relatos míticos — como a questão da cosmogonia —, mas lhes conferirão um tratamento diferenciado, uma autêntica tradução por intermédio de uma nova forma de pensamento, tida por racional.

* * *

Caso você queira ir além e aprofundar seus conhecimentos em mitologia, junto a autores com preocupações semelhantes às nossas, muitas são as indicações bibliográficas possíveis. Dou ênfase aqui a uma bem específica, preferência essa mais que justificável.

Refiro-me a Jean-Pierre Vernant.

Eu o conheci no Collège de France, instituição de grande prestígio, fundada em 1530, onde os maiores especialistas em seus campos, franceses e estrangeiros, oferecem aulas e cursos abertos a interessados. Essa escola fica em Paris, no V *arrondissement*, em meio ao Quartier Latin, num lugar muito bonito, em edifício precioso, muito próximo da Sorbonne. Vale a pena a visita.

Jean-Pierre Vernant foi um intelectual de excelência. Sua obra e suas lições transitavam com fluência por história, antropologia e filosofia. Destacava-se pela cordialidade no trato com alunos, colegas e servidores, bem como pela humildade na avaliação de seu trabalho. Deixou-nos em 2007, para pesar de seus muitos discípulos pelo mundo.

Escreveu muitas obras sobre mitologia e o pensamento antigo em geral. Uma boa parte de seus livros foi traduzida para o português. Destacam-se *As origens do pensamento grego, O universo, os deuses, os homens, Mito e sociedade na Grécia antiga, Mito e pensamento entre os gregos, Mito e religião na Grécia antiga*, entre tantos outros.

A leitura de qualquer um deles ajudará muito a elucidar e aprofundar as questões que vamos abordar. Eu não hesitaria em começar por um desses livros.

* * *

Ponto-final para o capítulo 2. E antes que o leitor, ávido por Hércules, se zangue de vez, anunciamos o 3 e as primeiras linhas do mito propriamente dito.

Vamos devagar. Sem açodamento. Deixe o obnubilado e o frenético da sua vida para o mundo das metas e dos resultados. Aqui conta mais o deleite do procedimento.

Capítulo 3
Nascemos para a ação

Como prometido no final do capítulo anterior, a partir de agora, vou contar a história de um rapaz grego chamado Héracles. Esse é seu nome no idioma natal. Assim o chamavam os demais personagens da trama. Em idiomas da atualidade, Hércules em português, Hercule em francês (com acento no *u* e a boca fazendo bico), Ercole em italiano (proparoxítona) com o *e* inicial bem aberto, Hercules em inglês (com o *h* raspando no fundo da garganta). Em todos os demais idiomas, ignoramos com plena consciência da própria ignorância.

Trata-se de um dos personagens mais citados da mitologia grega. Isso porque sua força, sua coragem e suas façanhas fizeram do seu nome expressões de uso corriqueiro — como força hercúlea — alusivas a seus principais atributos. Também é frequentemente lembrado pelos famosos doze trabalhos, indicativos de grande dificuldade e tenacidade.

Ainda que muito citado, sua história de vida, seu perfil psicológico, seus valores, sua origem e suas transformações permanecem bem distantes do repertório dos leigos em mitologia. Hércules integra essa imensa coleção de riquezas da cultura antiga da qual muitos já ouviram falar, mas pouquíssimos sabem do que, ou de quem, se trata.

Pois esta é a hora de começarmos a reverter esse quadro. Vamos juntos. De mãos dadas. A conversa vai longe, mas o papo é agradável por demais. Não tem como se entediar.

* * *

Hércules era morador da cidade de Tebas.

A leitora e o leitor mais apegados aos livros didáticos de História para o ensino médio terão lembrança de que, além de Atenas e Esparta, havia outras cidades-Estados. Outras *polis*. E Tebas era uma delas.

Foi, num dado momento, aliada de Esparta. Mas terminou por enfrentá-la e vencê-la (batalha de Leuctra), decretando o definitivo enfraquecimento de sua inimiga. Já em tempos de Alexandre, sucumbiu à invasão dos macedônios, quando foi completamente destruída.

Vale lembrar também que quando mencionamos Tebas, estamos nos referindo à cidade das grandes tragédias gregas, com destaque para a famosa trilogia tebana de Sófocles, *Édipo Rei*, *Édipo em Colona* e *Antígona*.

Mas quando estas foram escritas e encenadas, as façanhas de Hércules de há muito já banhavam o imaginário grego.

Esses dados históricos visam apenas resgatar na memória do leitor aqueles conhecimentos de outros tempos que ficaram bocejando entre o sono e a vigília.

Referências como essas costumam vir confinadas em notas de rodapé, com letras miúdas, para não interromper a narrativa. Tais notas acabam alcançando esse objetivo, menos pela disposição gráfica e mais pelo número insignificante de leitores a considerá-las.

Por isso, ousamos dar-lhes o mesmo estatuto do resto do texto. Por mais que não seja esse o nosso interesse maior.

* * *

Voltemos então ao nosso herói.

Nos subúrbios dessa cidade, havia um lugar onde adolescentes e jovens adultos delinquentes se reuniam para aterrorizar as pessoas e brigar entre si. Ali não havia horários mais ou menos adequados para transeuntes avessos ao conflito. A bocada era quente, e a barra pesava o tempo todo.

Fosse em tempos de internet, gangues rivais marcariam dia e hora certa para os enfrentamentos. Na falta desse recurso, na Tebas grega de tempos mitológicos, toda hora era hora para o pau quebrar. Jovens violentos, amantes da luta, passavam o dia se desafiando, agredindo-se mutuamente, trocando insultos e socos, e medindo forças.

Por isso mesmo, ninguém em Tebas — que não estivesse disposto a tomar uns cascudos — se arriscava a passar por esse lugar. Trabalhadores, pais de família, cidadãos pacíficos, indivíduos que não queriam confusão evitavam as redondezas.

Pois muito bem. Hércules, o nosso herói, que nessa época não tinha mais que catorze anos, estava sempre no pedaço. Por ele, não sairia nunca dali.

* * *

Não sei por que, quando imagino Hércules aos catorze anos, brigando nas quebradas, sempre me vem à mente a lição de Montaigne, segundo a qual nascemos para agir. *Nous sommes nés por agir*. Seríamos, portanto, essencialmente ativos.

Essa condição ativa do humano não configuraria, para Montaigne, nenhum privilégio, tampouco demandaria talento excepcional. Vale, portanto, para qualquer um. Insisto nesse ponto por estar falando de um herói, dotado, como é óbvio, de atributos extraordinários para certo tipo de ação em combate.

A levar em alta conta o que ensina Montaigne, corroboramos a tese de que nada seria mais insuportável a homens e mulheres do que estar em pleno repouso, sem afetos, sem paixões, sem desejos, sem conflitos, sem divertimentos, sem alguma aplicação.

Pois bem. Nesse momento da vida, em plena adolescência, toda a atividade de Hércules era dirigida para a violência física em enfrentamentos a punho. Mas isso, insistimos, em tempos de adolescência.

* * *

Escolhemos começar a nossa história por essa fase de sua vida. Não nos atrevemos a começar pelo fim, porque memórias póstumas requerem um talento que nos escapa. Mas tampouco cedemos à obviedade dos bancos escolares de dedicar a página 1 ao nascimento do protagonista.

Desse modo, enfatizamos um aspecto da sua trajetória que nos parece particularmente relevante. Mas que o leitor se tranquilize. Sua infância propriamente dita não vai nos passar desapercebida. Virá a seu tempo. Na medida da nossa pouca habilidade para construir narrativas com algum valor literário.

* * *

Voltando.

Para poder frequentar aquele ringue a céu aberto, Hércules tinha que escapar do controle apertado dos professores e do pai. Todos estavam sempre de olho.

Aquele lugar da cidade era de fato mal frequentado e mal falado. E Hércules era filho de boa família. Logo apresentaremos seus integrantes. Por enquanto, fiquemos com esta certeza: sua presença recorrente onde só havia marginais era socialmente inaceitável.

Capítulo 4
ANFITRIÃO

Um capítulo curto é o que ora inauguramos. Talvez seu assunto pudesse ter merecido um mero apêndice no interior de um dos dois vizinhos. Mas, nesse caso, teríamos perdido em ênfase numa questão que a mim agrada muito nessa história.

Caso o leitor ou a leitora, a quem nunca deixaremos de agradecer a deferência, não concorde com essa política de multiplicação de capítulos como recurso desesperado para tirá-lo ou tirá-la da letargia em que costuma entrar após a terceira página sem algum corte, dê uma espiadela na bibliografia.

Lá encontrará muitos outros relatos da mesma história. Algum deles haverá de ter poucos capítulos e bem longos. Como bem apetece aos de altaneira inteligência.

* * *

O leitor reparou que mencionamos, ao final do capítulo anterior, o pai de Hércules. Uma palavrinha sobre esse personagem importante da nossa história. Seu nome era Anfitrião.

Alguns, suponho, já ouviram essa palavra. Mas não como nome próprio. A palavra significa aquele que acolhe, que recebe. O dono da casa onde convidados permanecerão por certo tempo em visitação.

Haverá, entre os leitores e as leitoras, quem receba seus convidados com gosto em sua casa. São tidos por ótimos anfitriões. Já outros, quando constrangidos a esse papel, sentem-se invadidos, desconfortáveis e até desagradados.

Na literatura moderna, destaca-se a peça de Molière, redigida em francês, com o título *L'amphitryon*. Não preciso dizer que vale muito a leitura. As peças de Molière são bastante críticas da sociedade do seu tempo, cujos integrantes constituíam parte significativa de seu público mais fiel e embevecido.

Quando alguém recebe pessoas na sua casa com o pretexto de celebrar seja lá o que for, faz o papel de anfitrião daquela reunião. Não é considerado polido, por exemplo, evadir-se de um evento social qualquer sem antes se despedir do anfitrião.

* * *

Por enquanto, ainda não podemos saber o que esse nome tem a ver. Por que o pai de Hércules se chamaria assim? Será que esse seu nome tem a ver com o significado contemporâneo da palavra?

Pergunto porque há quem se chame Clara, Violeta, Margarida, Dourado, Lago, Barros, Salvador, Linda, Lindalva, Lindomar, e infinitos outros nomes, sem que a alcunha tenha algo a ver com o seu significado primário.

Até porque quando os pais outorgam a graça de um recém-nascido, a cor da pele ali já estava. Mas nada de palpável poderia antecipar a condição de futuro salvador seja do que for. Tampouco as virtudes de justo, Justino, fidalgo, valente etc.

O mesmo se aplica a anfitrião. Se viesse a sê-lo, dos excelentes a ponto de justificar o nome, seria necessariamente tempos depois de assim ter sido chamado.

Explicando com outras palavras, mas não necessariamente melhor.

Afirmar que um nome dado na primeiríssima infância indica um traço de personalidade, como Augusto, Fiel ou Santinha, já é, diríamos, forçar a barra. Mais estranho ainda seria esse nome indicar uma ocorrência especialmente marcante, como ter sido o acolhedor de alguém ao longo da vida em condições tão especiais.

Mas se porventura o leitor ou a leitora tiver, instantes antes, ou parágrafos acima, apostado na relação provável entre o nome do pai de Hércules e algum acontecimento importante de sua vida, ainda cabe a pergunta óbvia: a que tipo de acolhimento estaria aludindo o narrador?

Eis uma pergunta a que logo poderemos tentar responder.

Mais um fim de capítulo. Aproveite agora, sem prejuízo da fluente leitura, para esticar as canelas, preparar um chá de losna ou de barba de milho, com raspas de gengibre a gosto e sorvê-lo ainda fervente, para o alívio imediato dos rins.

Só então retomará o dedilhar das páginas, com vísceras pacificadas.

CAPÍTULO 5
ACRASIA

Dizíamos que Hércules era assíduo frequentador das rodas de briga. Na verdade, até aquele momento da sua vida, era o único lugar do mundo ao qual ele gostava muito de ir.

Esse "ao qual" da frase anterior ficou muito deselegante. Solução melhor teria sido: o único lugar do mundo em que ele gostava muito de estar. Mas agora já foi.

Ali ele se sentia livre, valorizado, importante e poderoso. Tinha a sensação de poder fazer tudo o que queria. Um verdadeiro paraíso. Naquele lugar ele dava as cartas. Exercia autêntica liderança. A força dos punhos lhe facultava todas as regalias.

Seus amigos o esperavam, certos da sua proteção. Sua presença era aguardada com ansiedade. Sua chegada, celebrada por uns e temida por outros.

Ali ele era o cara, diríamos hoje.

Claro que havia gangues rivais. Com líderes também poderosos. Nada era absolutamente tranquilo. E talvez fosse mesmo isso que mais o fascinasse. Hércules adorava o enfrentamento físico, mas também a adrenalina do imponderável, o frio da barriga ante os riscos da batalha.

* * *

À medida que os anos passavam, nosso herói ia ficando cada vez maior e mais forte. De modo que mesmo seus correligionários, colegas de luta, passaram a temê-lo. Foi deixando de ser um amigo na horizontal, um camarada entre outros, para se tornar um ídolo, reverenciado por todos.

De fato, para quem ousasse encará-lo, tudo nele impressionava. Com catorze anos ele já media os seus dois metros, tinha uma musculatura definida e um olhar devastador.

Além disso, peço que você, que ora lê em contrição, atente para o que segue: Hércules tinha um temperamento incomparável. Quando se zangava, perdia completamente o controle sobre os próprios movimentos.

Eis o traço d'alma — ou psíquico, como diríamos hoje — que não pode ser esquecido. A submissão temporária e episódica de sua lucidez à ira. Esse descontrole — combinado a seus prodigiosos recursos físicos — o convertia numa autêntica besta indomável.

* * *

Queridos leitor e leitora. Com certeza identificam em suas lembranças algum indivíduo em descontrole. Tomado pela ira. E, portanto, com grave perturbação da consciência. Afinal, deixar-se alterar, ficar fora de si, perder o juízo ante uma ocorrência nefasta ou conduta reprovável não é tão raro assim.

Trata-se, suponho que concordem comigo, de uma condição afetiva muito negativa. Que ninguém quer atravessar.

Esse traço comportamental de Hércules me remeteu ao conceito de acrasia, particularmente relevante no pensamento antigo.

Sabemos quanto os filósofos desse tempo vinculavam a vida boa à ataraxia, isto é, a uma alma imperturbável. Vida essa que requer do vivente a capacidade de permanecer imune ou blindado ante as ocorrências flagradas no mundo, aos encontros com o mundo, ao que é acidental e contingente.

Para usar a nomenclatura platônica, a vida boa resultaria do comando exercido pela parte superior da alma, racional, intelectiva sobre as duas outras partes, a irascível e a concupiscente. O que implicaria ser soberano em si mesmo. Agir, em última instância, a partir do que sugere a razão. Ser afetado sim de desejo e de indignação, mas só agir a partir do discernimento.

Ora, a acrasia indica rigorosamente o contrário de tudo isso. Vamos ao conceito. Não será difícil identificar sua pertinência em face do que ocorria com Hércules nessa sua fase de vida.

Acrasia é palavra composta. De um lado, *kratos*, que significa poder; de outro, *a*, que indica negação.

Desse modo, havendo acrasia, há ausência ou falta de poder.

Essa noção de falta de poder nos leva a duas perguntas imediatas:

A primeira: quem exerceria o tal poder se ele houvesse? E a segunda: sobre quem esse poder seria exercido? Isto é, quem a ele se submeteria?

Pois bem. A acrasia é a falta de poder sobre si mesmo. Em outras palavras, aquele que não exerce o poder (porque não o tem) e aquele que a ele se submeteria se houvesse são a mesma pessoa.

Acrasia é um deixar-se levar. Uma vida decidida por inclinações, apetites, impulsos e pulsões. Uma submissão da razão ao que lhe é alheio. É uma fraqueza de vontade. Impotência de fazer o bem, em plena consciência de seu conteúdo. Ou de evitar o mal.

Acrasia aponta para uma possibilidade de ação na contramão do entendimento do que é devido, do que é o bem, do que é certo fazer.

Denuncia, portanto, a impertinência do intelectualismo moral de Sócrates, segundo o qual ninguém faz o mal voluntariamente. Em outras palavras, tentando explicar melhor, de acordo com esse sábio ateniense, um agente qualquer só agiria mal por ignorância do bem. Ninguém faria o mal por querer. Mas sempre por ignorar que é mal.

Pois bem. A acrasia é exatamente o que Sócrates não crê que possa se produzir. Uma ação negativa em plena consciência desse valor negativo por parte do agente.

Ora, Hércules viveu boa parte de sua vida jovem em plena acrasia. Tinha a alma perturbada por afetos devastadores. Que faziam gato e sapato do modo como ele eventualmente pudesse considerar justo ou adequado agir.

Muitos de seus desvarios violentos eram seguidos de dolorosos arrependimentos. Mas dada a sua força, o mal pior já estava feito e, muitas vezes, irremediável.

REFLEXÕES E AÇÕES INSPIRADAS PELOS MITOS DE HÉRCULES

1. Desvendando mal-entendidos: a essência do herói mítico

Ao mergulharmos nos primeiros cinco capítulos do professor Clóvis sobre Hércules, é inevitável nos depararmos com a complexidade que envolve esse icônico herói.

Comum é o equívoco de enxergá-lo apenas como uma figura de força bruta, mas, ao analisarmos a fundo, descobrimos um personagem repleto de nuances e contradições. Hércules, um nome entrelaçado com força e luta, também é um espelho de vulnerabilidades humanas, como vimos em sua tendência para a acrasia.

2. A base científica da acrasia: compreendendo Hércules através da psicologia

A condição de Hércules, descrita nos capítulos 1 a 5, nos leva ao conceito de acrasia — uma fraqueza de vontade, com ações tomadas contra o próprio discernimento. Esse fenômeno, analisado pela filosofia e pela psicologia moderna, reflete a luta interna entre razão e desejo. A vida de Hércules, caracterizada por impulsos incontroláveis, nos oferece um terreno fértil para explorar essa dualidade. Estudos científicos, como os que abordam o efeito Dunning-Kruger, iluminam como a falta de autoconsciência pode levar a decisões prejudiciais, uma lição vital extraída da vida do herói.

3. Mitologia *versus* realidade: desmitificando Hércules

Os capítulos de Clóvis contrastam habilmente a realidade histórica com a mitologia. Hércules, frequentemente idealizado como um símbolo de força imbatível, na verdade, carrega as marcas de um ser humano complexo e multifacetado. Ao distinguirmos a perfeição inalcançável e o perfeccionismo que Hércules exibe, abrimos caminho para uma compreensão mais profunda de suas histórias e do que elas representam.

4. Identificando padrões: lições da jornada de Hércules

Ao revisitarmos os capítulos, podemos identificar padrões significativos na trajetória de Hércules. Seja em sua busca por aceitação ou em seu constante confronto com a própria natureza impulsiva, cada aspecto da sua história ressoa desafios contemporâneos. Listas de padrões perfeccionistas e altos padrões, semelhantes às encontradas na jornada de Hércules, são instrumentos poderosos para a autoavaliação e o crescimento pessoal.

5. Da reflexão à ação: aplicando as lições de Hércules

A história de Hércules não é apenas um relato de façanhas e desafios físicos; é também uma jornada de autodescoberta e transformação. Ao considerarmos suas lutas e vitórias, somos encorajados a refletir sobre nossas próprias vidas. A aplicação dessas lições vai além da mera contemplação; ela exige ação e um comprometimento com a melhoria contínua. Como Hércules, enfrentamos nossos próprios "trabalhos", desafios que nos moldam e nos fortalecem.

6. Equilíbrio entre motivação e realidade prática

O encanto do mito de Hércules reside em sua habilidade de inspirar enquanto permanece enraizado em verdades humanas universais. Através de um equilíbrio entre a motivação e o pragmatismo, podemos extrair das histórias de Hércules não apenas aspirações, mas também estratégias realistas para enfrentar nossos desafios diários. A busca pelo autodesenvolvimento, ilustrada na vida desse herói mitológico, é tanto um chamado para a ação quanto um lembrete de nossas próprias capacidades e nossos limites.

Conclusão: a jornada continua

Ao concluirmos esta reflexão sobre os cinco capítulos de Clóvis, é evidente que a história de Hércules é mais do que uma série de aventuras míticas. Ela é um espelho que reflete nossas próprias lutas internas, nossos desejos e nosso potencial para crescimento. Como Hércules, cada um de nós está em uma jornada única, repleta de desafios e oportunidades para autodescoberta e transformação. Que as lições dessa antiga lenda nos inspirem a perseguir nossa própria versão da excelência, armados com a sabedoria de que a verdadeira força nasce tanto da compreensão de nossas fraquezas quanto do desenvolvimento de nossas capacidades.

CAPÍTULO 6
12 CONTRA 1

Em uma manhã qualquer, dessas em que Zeus espreguiça em ruído gutural antes de sorver seu trago de café quente com ambrosia, o menino Hércules deveria estar na escola. Mas ei-lo longe dela. Em plena bocada, chamando a galera para a briga.

Desta feita, eram nada menos que doze os oponentes que ele desafiava. Todos mais velhos. Alguns já adultos.

Lembremos que doze também viriam a ser, bem mais tarde, suas famosas façanhas.

A simples encarada de começo de briga já punha muito medo em seus contendores. Um medo que, com dificuldade, tentavam disfarçar. Ainda assim, insistiam na peleja. Afinal, todos ali sonhavam derrotar Hércules algum dia. Submetê-lo, subjugá-lo, colocá-lo de joelhos, humilhá-lo. Mas a tarefa lhes parecia, a cada dia que passava, mais impossível.

Naquela manhã, quando os doze estavam prontos para pular em cima dele, alguém gritou de longe:

— Oh, Héracles!

Era Anfitrião. Seu pai veio se aproximando rápido, ciente do que ali se passava. Parecia mais preocupado em repreender o filho e devolvê-lo aos estudos do que com os perigos que um enfrentamento como aquele poderia representar.

Anfitrião, de longe, foi logo perguntando que palhaçada era aquela.

Hércules dava conta da chegada do pai em meio a um suspiro de desagrado, sem tirar o olho dos oponentes.

Que maçada!

Justo no momento mais excitante da semana, quando a briga tinha tudo para ser boa, chegava o pai para estragar o encontro.

Anfitrião gritou de novo, ainda afastado uns cem metros de onde estava o filho.

— Você está me ouvindo? Não se faça de surdo!

Aproveitando-se daquele momento de distração de Hércules, causada pela chegada inesperada do pai, seus oponentes partiram para o ataque. Aquela era a chance tão sonhada.

Ante um primeiro recuo de surpresa do nosso herói, um contendor lançou uma provocação.

— Acho que você não vai poder se defender — disse um deles —, vai ter que ir embora com o papai, não é?

— Vai voltar depois pra apanhar mais, seu frouxo? — emendou um outro.

Esse último não teve tempo de terminar a pergunta. Recebeu de Hércules um violento golpe que o tirou de combate.

Ante a iniciativa agressiva de cada um que ousava chegar perto para golpeá-lo, Hércules se esquivava com extrema facilidade. O certo é que nenhum dos doze representava a mais remota ameaça ao rapaz.

— Eu não sei como não acabo com vocês todos com um grito só, seus energúmenos.

Um deles segurava sua garganta, outro trepava nas suas costas, o terceiro tentava derrubá-lo na canela, o outro... Tentaram de tudo, todos ao mesmo tempo.

Hércules, num golpe só, mandou todos aqueles oponentes para longe. Foi quando seu pai acabou de se aproximar.

— Vamos embora daqui, imediatamente.

— Estou indo, pai! Estou indo!

Um dos adversários ele ainda mantinha preso pela canela, com a cabeça pra baixo.

Os demais, envergonhados e humilhados por terem sido derrotados em uma contenda tão desigual, permaneciam cautelosos e distantes.

A honra de Hércules estava em jogo. Era preciso vencer.

— Héracles, vamos embora! — ordenava o pai.

— Já vai! Deixa-me só terminar esse servicinho aqui.

Anfitrião, revoltado, mas impotente, esperou para assistir ao triunfo do filho contra os doze adversários.

Não cabendo em si de felicidade, Hércules buscava no pai aprovação, reconhecimento, aplauso. Mas o que recebia era justamente o contrário: reprovação e desprezo.

Anfitrião nunca reconhecia mérito em Hércules. Ele queria que o filho tivesse outro tipo de vida. Que se dedicasse às coisas do espírito. Que se tornasse um amante do conhecimento. Que merecesse elogios de seus mestres.

Empenhava-se em vão para tudo isso.

Em suma, Hércules não era o filho que Anfitrião gostaria que fosse. Longe disso.

Voltaram para casa, lado a lado, sem se falar. Cada qual indignado pelos seus motivos e profundamente frustrado com o outro.

Capítulo 7
REGRESSO EM ÓDIO

Como dizíamos no capítulo anterior, Anfitrião e Hércules voltaram da bocada em silêncio e de cara amarrada. Os dois de bico comprido um para o outro. Nessas ocasiões, os espíritos buscam em si mesmos as justificativas da indignação. Reforçam crenças de desabono a respeito do outro com argumentos solitários.

Não raro, uma ou outra palavra daqueles pensamentos, revoltada com a prisão do silêncio, precipitava-se boca afora, num balbucio de espasmo e sem sentido.

Se, como define o grande Espinosa, todo ódio é afeto de tristeza acompanhado de uma ideia sobre sua causa, não há dúvida de que ao longo daquele percurso estavam ambos odiando-se, da vesícula ao mais periférico dos neurônios.

Pai e filho estavam tristes, sem dúvida, e tinham ambos certeza da causa da tristeza que sentiam. Estavam mais do que convencidos de que era precisamente quem estava ao lado e mais ninguém a apequená-lo, frustrá-lo, rebaixá-lo e brochá-lo.

* * *

A caminhada se fez cheia de pernas. E o chão da terra seca e quente ia ficando para trás, juntando-se sem pressa ao resto do caminho já pisado em longa travessia.

Não tanto no tempo dos ponteiros, coisa de uns trinta minutos, não mais. Mas no tempo dos espíritos, das sensações, das emoções, dos tédios e dos enfados.

Para os que têm relógio na cozinha com o ponteiro dos segundos funcionando em movimento contínuo, e não em solavancos de tique-taque, fica mais fácil perceber que ele avança inapelável, sem freios nem fissuras, indiferente à torcida. Assim é o tempo do mundo.

Portanto, só mesmo em nós e para nós que o tempo dura, demora a passar, parece não avançar e, de repente, acelera a ponto de voar. Assim é o tempo da alma.

* * *

Anfitrião e Hércules não chegavam nunca. Pareciam dar razão a Zenão.

De acordo com esse intrigante pensador, se para chegar ao destino é preciso alcançar primeiro o ponto médio (1) da trajetória, e esse ponto médio (1), por sua vez, para ser alcançado, requer que passemos antes pelo ponto médio (2) entre ele e a origem, nosso herói e seu pai não chegarão nunca.

Porque, a rigor, não estarão sequer saindo do lugar. Sempre haverá um novo ponto médio, para qualquer distância a percorrer, por mais insignificante que seja. Nesse caso, todo movimento seria mesmo uma ilusão.

Por sorte, Aristóteles resolveu o enigma de Zenão. E graças a ele, Anfitrião e Hércules acabaram chegando ao Palácio de Creonte, pondo fim àquele amargo regresso.

* * *

No Palácio de Creonte funcionava a escola. E também o governo local.

Ante essa coincidência, as opiniões cheias de saliva não tardam a emergir dos subterrâneos de seus enunciadores.

Os do copo cheio, que nunca esquecem suas pílulas antes de sair de casa, destacarão o aspecto simbólico dessa localização. Isto é, a indiscutível importância da educação para uma sociedade que põe a escola no principal edifício da cidade.

Em contrapartida, os mais desconfiados, que só abrem a farmácia quando a boca já estiver amargando, objetarão que essa coincidência de locais é, no mínimo, suspeita. Isso, por tornar, na prática, improvável ou mesmo impossível toda iniciativa de reflexão crítica a respeito do exercício do poder político naquele lugar.

Estes últimos denunciam as consequências ideológicas nefastas que o controle absoluto da educação pelo poder central — ali presumido pela coincidência dos endereços — ensejaria na formação dos jovens daquela localidade.

* * *

E aqui ficamos. Com Hércules e Anfitrião na porta do Palácio.

Não vale a pena começar a contar neste capítulo o que aconteceu na sequência. Seria obrigado a abrir outros ainda, para sustentar a cadência, mutilando assim a narrativa.

Por agora, vale guardar nas mangas da memória que Hércules, na adolescência, tinha uma péssima relação com seu pai. O que, para muitos, não passaria de uma obviedade, de um fato banal. Mas nesta nossa história esse dado corriqueiro tem raízes profundas e implicações de grande relevância.

Por isso, bem fizemos em pôr ênfase neste episódio do regresso em ódio.

Capítulo 8
BRAÇAL E BOÇAL

— Entra, que o professor está te esperando — disse Anfitrião a Hércules, seu filho, que lhe dobrava em tamanho.

Este era dotado, por natureza, para atividades do corpo, muito relevantes, aliás, na formação de um jovem em tempos de Grécia antiga. As avaliações do jovem Hércules só não eram ainda mais destacadas em disciplinas de desporto por conta de sua irritação constante e consequentes deslizes de comportamento.

* * *

Evitei usar aqui a nomenclatura "atividades físicas" — preferindo atividades do corpo — para não cair em redundância. Afinal, natureza em grego é *physis*. Ora, não cairia bem sentenciar que o rapaz era dotado por natureza para atividades da natureza. Tal afirmação, com certeza, suscitaria desconforto junto aos leitores mais sutis.

Portanto, ficamos mesmo com atividades do corpo. Era para realizá-las que Hércules parecia ter nascido.

* * *

Claro que esse tipo de categoria, atividades do corpo, parece sugerir uma separação forte entre corpo e alma. Muitos pensadores de envergadura maior, herdeiros de Platão, mantiveram-se fiéis a esse dualismo.

O primeiro, o corpo, é material, orgânico, finito e corruptível. Ele se movimenta, como na ginástica, na caminhada, na luta. No seu interior, as partes que o compõem também se movimentam.

Em contrapartida, a alma, essa seria mesmo seu rigoroso contraponto. Imaterial, eterna, incorruptível. *Grosso modo*, toca-lhe pensar e sentir.

Ocorre que para muitos outros pensadores, igualmente relevantes, de envergadura universal, essa separação entre corpo e alma não procede. Por isso são chamados de monistas.

Consideram que corpo e alma são uma coisa só. Nesse caso, as atividades da alma seriam realizadas pelo corpo como quaisquer outras. É o corpo que pensa, que escreve poesia, que compõe sinfonias, tanto quanto respira, digere, corre e espirra.

* * *

Não sei por que terei ido tão longe. Você, ajuizada leitora, você destrambelhado leitor, tem todo o direito de se zangar. Afinal, bastava ter dito que Hércules parecia mais dotado para levantar um Fusca do que para a física quântica. Teriam entendido até melhor, se houvesse um ou outra naqueles tempos.

No entanto, isso de usar a força dos braços não era o que Anfitrião almejava para a vida do filho. Queria, pelo contrário, vê-lo ilustrado. Capaz de usar os recursos da razão com maestria. Apto a realizar cálculos algébricos e situar-se no mundo da geometria. Fluente no meneio da linguagem mais erudita. E sensível ao artístico mais sublime.

Para tanto, aquele pobre pai tinha tentado de tudo. Pasmem comigo. Chegou a ponto de buscar, em toda a Grécia, os melhores professores dos distintos campos de conhecimento.

Todavia, para sua frustração e seu desespero, nenhum deles conseguia atrair Hércules para os estudos.

* * *

Um parêntese para a gramática.

"Todavia" é um conectivo adversativo. Lembro de tê-los decorado, em aulas de gramática, numa sequência rígida: mas, porém, todavia, contudo, entretanto, no entanto, apesar disso. Sempre quis usar um "todavia" para ver que gosto tem. Se sua sonoridade se harmoniza com o vibrar mais prazeroso dos ouvidos. E a hora é chegada. Sobretudo porque já havia me servido de um "no entanto" dois parágrafos atrás.

Em francês usa-se *toutefois*. Em italiano, *tuttavia*. Penso que nos dois idiomas esse uso é mais literário do que verbal e corriqueiro. Em espanhol, esse mesmo "todavia" é usado com um significado um pouco diferente. Indica que uma coisa "ainda" não aconteceu. É um sentido mais esperançoso. Assim, na frase "não o li ainda", eles diriam *no lo he leido todavia*.

Já em inglês, a adversativa que mais me agrada é *nevertheless*. Adoro essa palavra. Cheia de letras, sonora, com língua no meio dos dentes bem ao centro. Além de sonora, enaltece o opositor (nunca o menos), emparelhando a contenda.

* * *

Voltando a Hércules e seus talentos.

Definitivamente, sentar-se para exercitar o espírito pelo manuseio de números e letras não era a sua praia. Não que tivesse dificuldades cognitivas especiais. Na verdade, nem isso era possível afirmar com certeza. O aluno não permitia, pelo seu comportamento, essa avaliação.

Hércules era incapaz da contrição necessária para as coisas do espírito.

Talvez hoje fosse diagnosticado com distúrbios de atenção. Mas, como disse, não havia condições para nenhum tipo de avaliação. Hércules se impacientava e se rebelava antes. Era desatento, mal-educado e folgado.

Esse comportamento terminava por irritar e indignar os professores contratados. Restava-lhes abrir mão, em que pesem as tentadoras recompensas prometidas.

* * *

Eis que, já em desespero, um conhecido indica a Anfitrião certo professor, bastante jovem, conhecido por recorrer a métodos didáticos nada ortodoxos e bastante arrojados. Sua fama já se consolidava em várias cidades.

O pai tenaz não pensou duas vezes. Mandou chamar o tal professor. Seu nome era Lino. Sobre ele recaíam as derradeiras esperanças.

O começo do trabalho foi pra lá de auspicioso. Lino conseguiu a proeza de ensinar Hércules a ler e escrever.

Mas como?

O professor usava de um artifício bem engenhoso. Começava a contar uma história qualquer. Certamente com grande talento. Hércules começava a ouvi-lo. Passava a se interessar. Queria saber o desfecho. O que estava por vir. Via-se enredado pela trama. Talvez por se enxergar neste ou naquele personagem.

Nesse momento, Lino condicionava — como numa pequena chantagem — a continuidade do relato a algum aprendizado curricular.

— Hércules, se você quiser saber o resto da história, terá que aprender a conjugar o verbo "ter" no imperfeito. Caso contrário, ficaremos sem saber o que aconteceu quando Tibúrcio flagrou Ermelinda no feno da cocheira com Gláucio, seu irmão.

Eis que Hércules, em pleno duelo entre a distração e a curiosidade, acabava por se dispor a aprender a tal conjugação. No começo, a estratégia funcionou mais ou menos bem.

Mas o sucesso foi provisório. A história de Hércules com seu mestre Lino não terminou bem. Teria Lino se recusado a contar o final de alguma história? Teria concluído alguma narrativa de modo a desagradar o nosso garoto?

Melhor abrir um novo capítulo. Afinal, esse que ora chega ao fim está protocolar demais para propor emoções fortes, assim, de afogadilho. Temos que preparar um novo ambiente, um novo universo afetivo. Só mesmo começando algo novo.

Capítulo 9
Gêmeos nada a ver

Entra logo que o Lino está te esperando!

Ante o mau humor do jovem, a ranhetice para entrar em aula, as pisadas firmes e a lentidão cheia de marra no deslocamento, Anfitrião cutucou a onça com vara de comer sushi.

— Por que você não segue o exemplo do seu irmão?

Se a disposição de Hércules para estudar já era bem baixa, aquela pergunta aniquilou de vez qualquer eventual fiapo de entusiasmo.

Mas qual é o problema do irmão? Por que tanta mágoa? Foi só uma pergunta?

* * *

Ora, queridas leitoras e também leitores. Há perguntas assim. Que não buscam resposta alguma. Que simplesmente comunicam o que já é sabido pelo perguntante. De modo que a informação solicitada torna-se irrelevante.

No caso da intervenção de Anfitrião, não lhe interessa muito por que Hércules não age como o irmão. O que realmente conta já foi afirmado na pergunta, e não perguntado.

Nela o irmão de Hércules é definido pelo pai como referência ou modelo para este último. Desse modo, estabelece o valor de cada filho, com vantagem explícita para o primeiro.

Nada tinha sido dito até então sobre esse irmão. Ei-lo debutando em cena. E a primeira informação que temos sobre ele é justamente a de ser vítima do desapreço de Hércules.

* * *

Seu nome era Íficles. Fariam uma boa dupla se enveredassem juntos pelo cancioneiro popular interiorano: Héracles e Íficles.

Se o primeiro vira Hércules em nosso idioma, o segundo teria que ser Ifícules (proparoxítona com sílaba tônica *fi*). Não creio que alguém mais tenha sugerido essa conversão.

Se compramos bem Chitãozinho e Xororó, porque não Hércules e Ifícules?

Eram irmãos gêmeos. Mas eram também opostos, de constituição, jeito, gosto e temperamento.

Um gostava de ovo frito, o outro, de cozido; um era Flamengo, o outro, Vasco; um amava bicicleta, o outro, patinetes; um só comia Neston, o outro, farinha láctea; um tomava Pepsi, o outro, Coca; um era de esquerda, o outro, de direita.

Eles se opunham em tudo.

E para parecer poético, um era água, o outro, fogo; um era dia, o outro, noite etc.

E, claro, tudo que Hércules detestava estudar, Íficles adorava. Tudo que o primeiro era forte e briguento, este último era franzino e na dele.

CAPÍTULO 10
AO LINO, COM CARINHO

Ante a sugestão do pai de tomar o irmão como referência, Hércules se zangou de verdade. Perdeu completamente as estribeiras, como se dizia antes. Ele tinha muito ciúme do irmão. E, como já sabemos, nosso futuro herói, era, por enquanto, um jovem emocionalmente bem primitivo.

Virou as costas resmungando insultos e entrou no palácio sem se despedir do pai.

Ali Íficles já se encontrava de há muito, em concentração absoluta nos estudos e recebendo elogios de seu mestre.

* * *

Quando Hércules finalmente apareceu, seu professor Lino o repreendeu pelo atraso.

— Oh! Isso é hora de chegar, meu rapaz? Chegou cedo para a aula de amanhã?

E Hércules foi só escutando, encaixando os golpes de ironia em silêncio sombrio. Estava no limite da sua raiva, em vias de perder o controle sobre si.

Essa postura de passividade e resignação soava a acordes desafinados de arrogância aos ouvidos sensíveis de Lino.

Este investiu contra Hércules sem receio de consequências.

— Escute bem, Hércules, o que você veio fazer aqui? Este lugar é para quem quer aprender! Não é o seu caso. Você não quer nada com nada.

Hércules nada respondeu. Deu uma de João-sem-braço... Olhou para o teto, revirou os olhos, fez que não estava nem aí, pôs cara de paisagem e, na verdade, fez de tudo para se acalmar.

Mas Lino não gostou nada daqueles trejeitos de indiferença desrespeitosa.

— Faça do jeito que você quiser! Saiba que já abri mão de você. Pra mim, chega!

* * *

Hércules e Lino não se entenderiam mais.

O que cada qual considerava de maior valor, nada valia para o outro. Hércules era forte, gostava de brigar, enfrentava doze. Considerava o professor um fraco.

E Lino, por sua vez, superinteligente, capacitado e preparado, tomava seu aluno por ignorante, estúpido e chucro.

Em desespero de causa, quando nada mais parecia dar certo, Lino disse a Hércules:

— Vá até a biblioteca, escolha um livro pra você, qualquer um que te apetecer.

Era uma maneira de se ver livre daquele incômodo.

E lá se foi Hércules, fazer o que bem quisesse na biblioteca. Tal concessão revoltou Íficles, que estava ali ralando desde cedo.

— Isto não está certo. O cara chega atrasado, não faz nada e ainda é premiado!

Na biblioteca, Hércules encontrou Hesíodo, Homero, Eurípedes e outros grandes textos.

Mas, de repente, ele se deparou com um livro que aparentemente não deveria estar lá, um de receitas culinárias, como se fora da nossa mais que talentosa Rita Lobo. Olha só que loucura!

Homenageio a Rita porque foi nossa vizinha durante anos na Rua Tatuí, 40. Merece muito. Além de competentíssima, sempre foi gente boa demais.

Curiosidades e anacronismos à parte, o livro encontrado por Hércules na biblioteca era mesmo de receitas. Provavelmente o professor não tinha a menor ideia de que aquilo estivesse ali.

Hércules supôs que a escolha daquele livro seria a melhor maneira de tirar o mestre do sério. E tinha razão.

Lino se irritou de vez com aquele aluno sem noção. Tirou o livro das mãos de Hércules e jogou-o do outro lado da sala. E, destemperado, deu-lhe um tapa com fúria.

Bom, foi a primeira vez em toda a sua vida que nosso herói levou um tapa, fora de uma briga. Sentiu-se, claro, surpreso, humilhado e ofendido. Até aquele momento ele estava conseguindo, a duras penas, se controlar. Mas, doravante, acabou perdendo completamente o controle.

Pensava indignado consigo mesmo: "Tomei um tapa desse cara, velho! Desse raquítico! Ah! Isso não vai ficar assim. Eu vou moer esse verme de porrada!".

Tomado por uma fúria sem controle, ele lançou mão da primeira coisa que encontrou pela frente, uma espécie de tamborete, isto é, um pequeno tambor, e o arremessou em direção à cabeça de seu professor.

E, para a desgraça de todos, pegou na veia, como se diz no jargão do futebol. Acertou com precisão na testa de seu agressor.

Lino caiu estatelado, por terra, desacordado.

Todos acudiram desesperados, sem saber o que fazer. O próprio Hércules caiu rapidamente em si. Mas era tarde. Lino estava morto.

Hércules tinha matado o seu professor. Com um golpe na cabeça. Dentro da sala de aula.

Como vocês, leitora e leitor, podem observar, isso de um aluno agredir e matar um professor, em plena sala de aula, está longe de ser invenção nossa.

O que talvez nos seja mais específico é a defesa por parte dos pais de suas crias homicidas, bem como a indiferença da sociedade e da classe política.

Por aqui ficamos. Fortes emoções cobram repouso do espírito. Nada melhor agora do que um suquinho bem gelado de tamarindo.

E um capítulo novo também vai cair bem. Assim damos tempo aos narradores para enterrar de vez o Lino, que não passava de um talentoso professor. E pagou com a vida pela ousadia do seu talento.

ENTRE A FORÇA E A RAZÃO: REFLEXÕES SOBRE A JORNADA DE HÉRCULES

1. A dualidade de Hércules: corpo e alma em conflito

Nos capítulos 6 a 10, observamos a contínua luta interna de Hércules entre suas inclinações naturais para atividades do corpo e as expectativas culturais e paternas de um intelecto desenvolvido. Esse conflito é emblemático da eterna batalha entre corpo e alma, na qual Hércules se destaca no físico, mas enfrenta desafios no intelectual. A discussão filosófica subjacente nos lembra de figuras históricas como Platão e Aristóteles, que debatiam se o corpo e a alma eram distintos ou parte de uma entidade unificada.

2. As relações familiares: pressões e expectativas

O contraste entre Hércules e seu irmão Íficles, introduzido no capítulo 9, joga luz sobre as complexas dinâmicas familiares e a pressão das expectativas parentais. A comparação feita por Anfitrião entre os irmãos destaca como as percepções e pressões familiares podem moldar a autoimagem e o comportamento. Essa situação reflete um dilema comum na sociedade contemporânea, na qual as comparações familiares podem impactar profundamente o desenvolvimento individual.

3. A educação e o papel dos educadores

Os capítulos 8 e 10 focam a relação de Hércules com a educação formal e seu professor, Lino. Aqui, vemos a importância de métodos de ensino adaptativos e a necessidade de entender as individualidades de cada aluno. A abordagem de Lino, inicialmente bem-sucedida, destaca como a inovação na educação pode engajar até os alunos mais relutantes. No entanto, o trágico desfecho dessa relação lembra-nos da delicadeza necessária no trato educacional e das consequências de mal-entendidos e frustrações mútuas.

4. Autocontrole e emoções: uma lição vital

A incapacidade de Hércules de controlar suas emoções, culminando na morte acidental de Lino, ressalta a importância crucial do autocontrole. Esse incidente traz uma reflexão importante sobre como lidamos com nossas emoções e nossos impulsos. Em um contexto moderno, isso se traduz em aprender a gerenciar emoções como frustração, raiva e ciúme, habilidades essenciais para o desenvolvimento pessoal e profissional.

5. Consequências da impulsividade: um alerta

O desfecho trágico do relacionamento de Hércules com Lino serve como um aviso severo sobre as consequências da impulsividade. Esse incidente ilustra dolorosamente como as ações impulsivas, especialmente quando impulsionadas por raiva ou frustração, podem ter consequências irreversíveis.

Conclusão: reflexões para o crescimento pessoal

A jornada de Hércules, embora situada em um contexto mitológico, oferece lições valiosas para os desafios contemporâneos. As histórias destacam a importância da autoconsciência, da gestão emocional e da resiliência diante das expectativas alheias, bem como a necessidade de abordagens educacionais flexíveis e adaptativas. Através da análise desses capítulos, somos encorajados a refletir sobre nossas próprias vidas, identificando áreas de crescimento e aprendizado.

Capítulo 11
Anfitrião matou Electrião

Hércules acabara de matar Lino, seu mestre.

Ao longo de doze dias e doze noites, Anfitrião não saiu de seu quarto. Em reclusão absoluta. Doze, como os adversários do filho.

Aquele pai, devastado, sabia que era preciso tomar uma medida extrema. Seu filho matara o professor que ele mesmo havia contratado.

Sabemos que não fora por querer. Que nunca houve intenção. Que Hércules nunca pretendeu ceifar a vida de seu professor quando lhe atirou aquele tamborete. Sua força descomunal acabara por produzir um resultado inconcebível em condições normais.

Ainda assim, Anfitrião estava convencido de que era preciso tomar uma medida drástica e exemplar. Por mais dolorosa que pudesse parecer. Em relação a Lino, Anfitrião sentia-se miseravelmente culpado e arrependido. Trouxera o professor para aquele lugar. E seu filho o matara. Toda medida a ser tomada será miseravelmente tardia.

Mas há muitas vítimas potenciais a proteger. Inclusive dentro de casa. No seio da família. O pai conhece o filho que tem. Sabe que é um garoto com força perigosíssima e alma descontrolada. É preciso coibi-lo de alguma forma.

* * *

A mãe de Hércules corroía-se em desespero. Chorava sem cessar. Sabia do sofrimento do filho. E das misérias que ainda lhe aguardavam. Antevia que teriam que se separar. Que seu amado seria mandado para longe. E por um bom tempo.

A mãe de Hércules tampouco nos tinha sido apresentada.

Alcmena é seu nome. Foi ela a parir o nosso herói. E, como leitoras e leitores sabem, a maternidade é sempre mais certa e garantida do que a paternidade. Hércules era filho de Alcmena e disso nunca houve nenhuma dúvida.

Há uma curiosidade sobre essa jovem senhora. Na verdade, há muitas. Mas a que nos toca mencionar a esta altura do campeonato é que era filha de Electrião. E esse, por sua vez, era rei de Micenas. Trata-se, portanto, da filha do rei de Micenas. Portanto, de uma princesa.

Não achou interessante?

Quando eu disse que a família de Hércules era de gente da alta, você torceu o nariz. Vai vendo só. Filho de princesa.

O curioso é que, em batalha, o rei Electrião, avô de Hércules, foi morto por um companheiro de luta. Tipo fogo amigo. Seu algoz não fora um inimigo, portanto. Como costuma acontecer nesses casos, mas não é necessário, foi um acidente, sem nenhuma intenção.

E pasmem, leitores do meu coração! O desastrado que pôs um termo à vida do pai de Alcmena foi ninguém menos que o próprio Anfitrião, seu futuro marido.

Portanto, três peculiaridades saltitam no espírito do leitor e da leitora.

A primeira é que o pai de Hércules matou o avô.

A segunda é que, como acabamos de mencionar, Alcmena casou-se com o algoz (involuntário) de seu pai.

Convenhamos que outras opções eram cogitáveis. Pergunto a quem me lê: você se casaria com quem, ainda que por descuido, tivesse matado seu pai? E o leitor, ponderado, bem como a leitora atenta, respondem em coro: não só não me casaria como trataria de agir descuidadamente perto dele como forma de devolutiva.

A terceira peculiaridade é que Anfitrião, tal como Hércules, tirara a vida de alguém sem nenhuma intenção. Tinha condições de entender, portanto, melhor que ninguém, o que o filho estava sentindo naquele momento.

Ficamos por aqui. Este capítulo acabou repleto de curiosidades biográficas e tramas familiares.

Precisamos nos refazer. Melhor continuar no próximo capítulo.

Estou um pouco abalado com essa história. Fiquei pensando na possibilidade de a Natália, minha filha, vir a se casar com um cabra que, por descuido, acabou me matando.

Até daqui a pouco.

Capítulo 12
O PAI E OS TRIBUNAIS

Alcmena teme pelo pior. A punição de Anfitrião seria certamente muito severa. A tal ponto, creiam leitores e leitoras, que a mãe de Hércules pede ao marido que deixe o filho ser julgado pelos tribunais.

Ora. Alcmena entendia que Hércules teria mais chance de clemência junto às instituições da pólis do que em casa, no seio da família, julgado pelo próprio pai.

Não lhes parece estranho esse entendimento?

Afinal, a paternidade faz pensar em vínculos afetivos que, supostamente, incitam o perdão. O mesmo não acontece com os tribunais, onde a natureza delituosa da ação é avaliada, digamos, técnica e friamente.

Quando Alcmena prefere o julgamento dos tribunais, é porque vislumbra a possibilidade de uma influência política que sua família — refiro-me, claro, a outros familiares que não o próprio marido — poderia exercer junto aos julgadores e, assim, certo favorecimento ao filho.

* * *

Anfitrião recusa o julgamento dos tribunais. Ele sabe muito bem quanto os defensores do filho poderiam apresentar os fatos de modo favorável a Hércules.

De fato, Lino havia agredido primeiro. A desproporção de forças seria certamente omitida. E o instrumento usado por Hércules não é, propriamente, uma arma. Ninguém poderia antecipar aquele desfecho, em condições normais de golpe.

Tudo o que Anfitrião não podia admitir é que, de algum modo, fosse dada a razão a Hércules; que ele entendesse que, agindo como agiu, estava no seu direito. E, se ele fosse julgado pelos tribunais, isso acabaria acontecendo. Aquele pai se recusava a dar a sua bênção a um gesto criminoso, mesmo sendo o agente seu filho.

* * *

Alcmena, em tentativa desesperada, pede a Creonte para que o filho seja julgado pelos juízes de Tebas.

E aqui surge mais um personagem da nossa trama. Fazendo também sua estreia em nossas páginas. O famoso Creonte.

Para a leitora ou o leitor afeito aos clássicos, Creonte é familiar. Afinal, estamos falando de um personagem central da tragédia *Antígona*, de Sófocles. Tanto na nossa história quanto na tragédia citada, Creonte era o mandachuva do lugar. O governante. O rei. Rei de Tebas.

Para não ficarmos no vazio, um sobrevoo ligeiro sobre esse tal de Creonte.

* * *

Laio era rei de Tebas. Era gay. Mas era casado com Jocasta. Essa última era, portanto, rainha de Tebas. Numa noite de bebedeira, Jocasta engravida do marido. Nasce Édipo. O casal tenta se livrar daquela criança indesejada. Édito acaba adotado por outro rei, de Corinto, que não podia ter filhos.

Estou pulando muitos detalhes, claro.

Uma profecia indicava que Édipo mataria o pai. Pensando ser filho biológico de seu pai adotivo, Édipo abandona Corinto, para reduzir a zero a chance de a profecia se confirmar. Por desgraça, em plena evasão, no caminho para Tebas, desentende-se com Laio, seu pai biológico, e o mata.

Jocasta torna-se uma rainha viúva. E nesse momento o trono cai no colo de seu irmão, o nosso Creonte. Ei-lo aqui. Como tantos na história da política dos humanos, alcançou o poder muito mais por obra do acaso do que da sua própria obstinação ou mesmo do seu interesse.

Em seu reinado nasce Hércules, no seio de uma família influente. Creonte era apoiado e ao mesmo tempo protetor dessa família.

Édipo termina libertando Tebas da Esfinge que tanto afligia seus cidadãos. Desse modo, assume o trono e se casa com Jocasta, viúva de Laio, a quem tinha matado, e também sua mãe biológica.

Mais tarde Creonte reassume o governo de Tebas, em meio a confusões políticas muito bem apresentadas na tragédia *Antígona*.

* * *

Muito bem. Foi para esse Creonte, rei de Tebas, que era íntimo da família de Hércules, em cujo palácio funcionava a escola onde este último estudava e local do homicídio de Lino, que Alcmena vai pedir julgamento em tribunal para o filho.

Mas foi tudo em vão. Debalde, como diziam antigamente. Prevaleceu a vontade de Anfitrião. Nada surpreendente se considerarmos o papel da mulher nas sociedades antigas em geral.

Anfitrião fazia questão de punir Hércules. E assim se fez. Sem que Creonte nada pudesse — ou mesmo quisesse — fazer para impedi-lo.

Não poderia ser de outro modo. O pai de Hércules tinha o sentimento de ter perdido a mão, o controle e a autoridade sobre o filho. Ele lhe escapava, cada dia mais. Não teria condições de enfrentá-lo se a situação exigisse. Sua vontade prevalecia pelo fiapo de poder simbólico que a paternidade lhe conferia. Mas não por muito tempo.

Se Anfitrião fazia questão de punir o filho naquele momento, era também por um grande receio de que as desgraças não tivessem chegado ao fim.

* * *

Depois da quarentena a que se impôs, Anfitrião convocou o filho para lhe comunicar o que decidira. Hércules atendeu ao chamado, completamente devastado.

Naquele preciso instante, aquele pai teve a certeza de estar diante de um rapazola, de um adolescente, cujo tamanho é completamente incompatível com a maturidade. Dá-se conta, com clareza, de que, no fundo, Hércules era vítima da sua força.

Segue Anfitrião em suas cogitações.

Todo adolescente faz bobagem, mas o estrago causado costuma ser proporcional ao seu tamanho. Não raro, adolescentes reagem de inopino, sobretudo quando provocados.

Hércules, numa situação como essa, matou Lino, por conta de uma força maior do que ele, que não podia controlar, e pela qual não deveria ser responsável.

Mais nenhuma dessas reflexões o demoveu. A sentença estava dada. E com postura solene, Anfitrião comunica ao filho que não haveria clemência.

— Não espere de mim um perdão que apagaria a sua falta, o seu erro. Caberá a você assumir a responsabilidade pelos seus atos. Você deixará Tebas, imediatamente. Viverá no Monte Citéron. E lá será pastor. Você só voltará para casa com a minha autorização. Quando tiver aprendido a controlar a sua força. Nesse dia, eu te receberei. E terá se tornado um homem.

E assim se fez.

E com a sentença de Anfitrião, pomos ponto-final em mais um capítulo. Hora de imaginar o nosso herói, condenado a uma solitária a céu aberto. A trabalhos forçados. A não ter mais com quem brigar. A não encontrar a galera da bocada. A não receber os carinhos da mãe.

Oportunidade de ouro para refletir sobre a vida. Para a busca de sabedoria. Mas também para urdir ódio por tudo e por todos. E planejar com zelo a maligna vingança.

Para nós, leitora e leitor, também é tempo bom para lançar mão de seu fone de ouvido, de sua plataforma musical e de procurar os grandes sucessos de Beto Guedes. Não faltam maravilhosas canções.

Capítulo 13
SÓ UMA PERGUNTINHA

Completamente devastado, arrasado e surpreso, Hércules se põe de joelhos, com as costas em curva, a testa apoiada no chão, glúteos descolados dos calcanhares, dedos das mãos fincados na nuca; todo ele enrolado em si mesmo como um tatu-bola.

Peço à leitora e ao leitor que imagine Hércules nessa posição. Não há por que ter pressa. Eu espero. Se não ficou claro, releia desde o começo do parágrafo.

Embora genuflexa, a posição de Hércules em nada se assemelhava à dos ritos religiosos, não indicando nenhum clamor por piedade ou perdão.

Anfitrião detestava esses golpes teatrais que conferiam dramaticidade às cenas do cotidiano. Toda aquela reação do filho o consternava. Como se denunciasse algum erro ou exagero da sua parte.

— Vamos, levante-se daí agora mesmo. E não faça essa cara de bunda, não faltará um cara de pau à espreita. Depois você se enfurece e acaba fazendo mais besteira.

* * *

Hércules não sabia bem se a punição que recebera era justa ou injusta. Ela era, com certeza, muito rigorosa. Tratava-se de um exílio com prazo indeterminado. Ele sabia ser merecedor de punição exemplar.

Ainda assim, sentia algo estranho. Talvez esperasse alguma clemência. Como se a verdadeira razão daquela punição rigorosa não fosse a sua ação homicida.

Essa desconfiança não vinha de agora. Hércules sempre sentiu um pé atrás por parte de Anfitrião. Sempre desconfiou que o pai não gostasse dele. Que tivesse clara preferência pelo irmão.

Como se houvesse um ressentimento antigo que tivesse a ver com ele. Um ódio inexplicável. Que nada dizia respeito aos episódios recentes. Esses, aliás, não passariam de um pretexto para que Anfitrião pudesse justificar um castigo que sempre quis infligir ao filho.

E tem mais. Se a punição já havia sido anunciada, qual era a razão daquele olhar de escárnio, desprezo e furor que persistia nos olhos do pai?

* * *

Com todas essas sensações e inquietações fervilhando no espírito, Hércules preparava-se para partir. Antes, porém, decidiu tirar a limpo algumas de suas aflições.

— Meu pai. Sei que não pretende voltar atrás. Por isso, antes de partir, permita-me lhe fazer uma pergunta. Você não é daqui de Tebas. Você é de Micenas. Você é de família real. Você deveria ser rei em Micenas. A pergunta que te faço é simples: por que você não é rei? Por que vivemos aqui em Tebas, reclusos, escondidos, afastados de nossa terra e de nossa gente? Por que você nunca comenta nada sobre isso?

Cada nova pergunta correspondia a uma perfuração, a uma facada, produzindo profunda dor.

Anfitrião, em resposta, apenas informa que não voltará jamais a Micenas. E que não dará nenhuma outra explicação. Que um dia, quando Hércules tiver crescido, quem sabe, ele lhe preste contas de como as coisas se passaram e as razões pelas quais a vida que lhes tocava viver era aquela, e não outra.

E, desse modo, mais desinformado e curioso que nunca, Hércules partiu.

Antes, porém, com o pai já de costas, Hércules lhe propõe uma última perguntinha:

— Por que você prefere o meu irmão a mim?

Anfitrião segue seu rumo. Mantém a passada sem se virar. Não acusa recebimento, fingindo nada ter ouvido.

Agora, sim. Hércules partiu de vez.

O que lhe acontecerá ao longo desse castigo que seria duro e longo?

Quando voltará?

Ocasião mais que propícia para concluir este capítulo e anunciar o próximo.

E assim vamos. Juntos. Devagar. Passo a passo. Sem atropelos. Destacando cada detalhe que nos pareça relevante para compreender o conjunto dessa bela história de vida.

E se o leitor e a leitora estiverem ansiosos pelos famosos trabalhos, acreditem na cadência sugerida pelo narrador. Ele sabe das coisas.

CAPÍTULO 14
RICOCHETEIO MAROTO

— Ei, pai! Por que você gosta mais do meu irmão do que de mim?

Anfitrião deixa o filho no vácuo, sem resposta. Em desespero, volta para o seu quarto e clama a Zeus.

— Será que além de tudo sou eu que vou ter que contar tudo para ele? O que devo fazer? Responda-me!

Anfitrião parecia indignado com Zeus.

— Por que você não me ajuda? Por que não resolve esse problema pra mim?

* * *

No instante da partida, Alcmena, mãe de Hércules, o toma nos braços. Ele chora, como se fosse mesmo uma criança. Chora como choraria a criança gigante que era.

Fazia tempo que mãe e filho não se abraçavam assim.

Alcmena tinha uma intuição. Talvez ela nunca mais voltasse a ter seu filho daquele modo, em seus braços. Ela poderia até reencontrá-lo. Mas já adulto, crescido, se é que se pode falar em crescido no caso de Hércules. Daquele jeito, seria mesmo a última vez.

De resto, sabemos que todo instante de uma vida é inédito, virginal e irrepetível. Que nenhum encontro de um corpo e uma alma com o mundo se repetirá. Que cada experiência é única. Portanto, se Alcmena achava que não voltaria a abraçar Hércules daquele modo, ela tinha razão.

Mas o que a atormentava não era a singularidade absoluta daquele gesto. E sim a drástica mudança que levaria embora o seu filhinho e lhe devolveria um homem feito, adulto, barbado e, quiçá, menos carinhoso.

Então ela aproveita a ocasião e abre o jogo com o filho:

— Preste atenção no que sua mãe vai te contar. Para que saiba disso por mim, e não por um estranho. O meu pai, Electrião, era rei de Micenas. Acontece que o irmão dele, Ptérelas, e seus nove filhos também reivindicavam o trono de Micenas.

Você entendeu, meu filho? O meu pai, Electrião, era o rei. O irmão dele, Ptérelas, e os nove filhos queriam destituí-lo. E estavam dispostos a fazer o que fosse preciso para tomar o poder. Como matar todos os meus irmãos. Roubaram todo o gado do rei.

* * *

Foi então que meu pai, tomado pela tristeza, pela devastação mais profunda, e sobretudo pela raiva, decidiu vingar-se.

Eu, do meu lado, a única filha sobrevivente, estava loucamente apaixonada pelo seu pai, Anfitrião.

Electrião, meu pai, resolveu condicionar a autorização para o nosso casamento:

— Eu só vou autorizar o seu casamento se e quando seu pretendente recuperar o gado que me foi roubado.

Anfitrião, sem pestanejar nem temer, aceitou a missão. Quando estava a ponto de conseguir, um dos animais escapou. Para impedir sua fuga, arremessou na direção do animal uma ferramenta que tinha nas mãos. Ela ricocheteou no seu chifre e, pasme, acertou a cabeça de meu pai, matando-o imediatamente.

Então, veja que situação, meu filho amado. Quando a vingança estava a ponto de se realizar, o seu pai matou o meu. O seu pai matou o rei de Micenas.

Claro que foi sem querer. Aquela ferramenta não foi arremessada na direção do rei. E sim na direção de um animal. E por obra de um acaso cheio de infortúnio, de um ricocheteio inesperado, eis que o rei é morto, justamente pelo meu pretendente.

Tornou-se assim impossível que Anfitrião, seu pai, voltasse a Micenas.

* * *

Alcmena, nesse instante, se cala.

— Até este ponto da história, eu te contei. Mas já falei demais. Agora, é preciso que você suba ao Monte Citéron e cumpra a sua pena.

Antes de partir, ele diz à mãe, com a certeza de um obstinado:

— Um dia eu serei rei de Micenas. É lá o meu lugar, a minha terra, o meu país, a minha pátria. E eu saberei, com a força dos meus braços, devolver ao meu pai o que lhe pertence.

Alcmena então diz a Hércules:

— Meu filho! O seu destino é muito maior e mais glorioso do que esse.

Queridos leitor e leitora. Quanta história neste capítulo! Quantos acontecimentos! Quanta vida narrada!

Hora de dar um tempo. Fim do capítulo. Hércules se foi. De agora em diante, ele caminha a passos largos para se tornar um homem. Um adulto. Seja lá o que isso vai querer dizer.

Quanto a nós, não sei vocês, mas eu preciso dar um apoio ao meu time que, em dez minutos, enfrenta os representantes do império do mal. Tudo pela televisão, é claro.

CAPÍTULO 15
FAMOSO SEM SABER

Você, leitora, leitor, se lembra dos últimos capítulos.

Hércules tinha matado Lino, seu professor, arremessando em sua direção um tamborete. E, por isso, Anfitrião, seu pai, decidiu castigá-lo mandando-o para um exílio.

Ali deveria permanecer até que aprendesse a controlar a sua força e se tornasse um homem, um adulto, digno de viver em sociedade.

O que Hércules não sabia, e não poderia saber, é que, enquanto cumpre a sua pena, cuidando de seu gado no isolamento do monte, sua fama corre solta em toda a Grécia. Tornara-se, sem saber, uma celebridade. Um mito de força e de coragem.

* * *

Esse momento da história de Hércules nos ensina quanto os discursos que têm por objeto a identidade de alguém são mesmo uma construção social, polifônica, dialogada, intersubjetiva, que transcende à vontade, aos interesses e às estratégias desse alguém.

De fato, os circuitos percorridos pelos discursos identitários têm alcances, ritmos e influências que escapam, e muito, do controle daqueles sobre quem se fala.

E não é só isso.

Quanto maior for a distância social entre quem fala e aquele sobre quem se está a falar, maior o desinteresse aparente do porta-voz, mais legítimo seu depoimento, mais eficaz o seu elogio ou o seu desabono na construção coletiva da definição da pessoa sobre quem está a falar.

Por isso mesmo, quem fala muito sobre si mesmo tem tão pouco crédito. Por ser parte obviamente interessada, sua intervenção tem pouca credibilidade. Sua iniciativa de autodefesa ou autoenaltecimento estará manchada pela suspeita de quem fala para livrar a própria cara ou se dar bem.

Assim, o fato de Hércules estar longe, isolado e apartado de toda essa imensa produção discursiva — de cunho positivo — a seu respeito contribuiu, e muito, para a velocidade e a eficácia desse fluxo de consagração.

Não precisar se defender, falar bem de si, engrandecer-se ou fingir humildade facilitou, e muito, a conversão de todo discurso de enaltecimento de Hércules em crenças consistentes e compartilhadas no processo de construção de sua identidade.

Aprendemos, também com a história de Hércules, que toda mitificação requer distância, ausência, algum mistério. Não há mito na clareza da presença e da proximidade. No mito, a fertilidade da imaginação coletiva preenche com riqueza o vazio de fatos e de informação.

* * *

Alheio a tudo isso, Hércules seguia com uma obsessão que lhe preenchia a mente em todos os instantes desde que se submetera à punição por ter tirado a vida de Lino: retomar o poder em Micenas junto de seu pai, Anfitrião.

Quando esporadicamente passava alguém por perto, ele sempre abordava perguntando sobre Micenas, cidade que ele não conhecia, mas que ainda assim lhe parecia tão familiar.

E todas as respostas coincidiam num ponto. Micenas era governada por um rei fraco, despreparado, incompetente, sem personalidade e covarde.

Hércules sabia tratar-se de seu primo Euristeu, usurpador do trono, que nascera horas antes dele. Era, na verdade, primo de sua mãe. Filho de um dos responsáveis pelo massacre dos irmãos de sua mãe.

Hércules não o conhecia. Mas tinha por ele uma imensa aversão. Não lhe passava outra coisa pela cabeça: tirá-lo do trono para recuperar o que era seu.

Cada desdém manifestado por algum transeunte a respeito de Euristeu correspondia a um sorriso largo no rosto de Hércules. Nada o alegrava mais. E ele antecipava, com gozo, em sua imaginação, o dia da desgraça daquele primo canalha.

Eis o que tínhamos para este capítulo. Hércules consolidando a cada dia a sua fama em toda a Grécia e urdindo, em seu íntimo, a vingança que imporia a Euristeu, seu primo e rei de Micenas.

ENTRE DESTINO E DECISÃO: APROFUNDANDO-SE NA JORNADA DE HÉRCULES

1. O peso do passado: reflexões sobre Anfitrião e Electrião

Nos capítulos 11 a 15, descobrimos mais sobre a complexa história de Anfitrião e como o passado trágico da família repercute no presente de Hércules. Esse é um lembrete pungente de que o passado, muitas vezes, molda nosso destino e nossas relações. A morte acidental de Electrião por Anfitrião espelha o incidente de Hércules com Lino, criando um paralelo entre pai e filho que transcende a narrativa e ressoa nossas próprias experiências de herança familiar e culpa.

2. Justiça, poder e proteção Familiar

O capítulo 12 traz à tona o conflito entre justiça legal e justiça familiar. A decisão de Anfitrião em punir Hércules pessoalmente, contraposta ao desejo de Alcmena de buscar um julgamento mais formal, revela as complexidades das decisões parentais e o equilíbrio delicado entre proteger e punir. Isso nos convida a refletir sobre as dinâmicas de poder dentro da família e como elas influenciam a percepção de justiça e responsabilidade.

3. Busca de identidade e afeto paternal

Nos capítulos 13 e 14, Hércules luta com questões de identidade e busca compreender sua posição na família. Suas interações com Anfitrião e a revelação de Alcmena sobre o passado familiar levantam questões sobre o afeto e a aprovação paternal. Essa busca de aceitação e compreensão é um tema universal, ressaltando a importância da comunicação e do entendimento nas relações familiares.

4. A construção da identidade de Hércules

O capítulo 15 aborda como a identidade de Hércules é construída na ausência de sua própria voz, evidenciando a natureza social e intersubjetiva da identidade. Esse conceito é fundamental em nossa era digital, na qual as percepções sobre indivíduos muitas vezes são moldadas por narrativas externas e mídias sociais, levantando questões sobre autenticidade e representação.

5. Planejamento e ambição: o futuro de Hércules

O desejo de Hércules de reivindicar o trono de Micenas e suas ambições futuras, conforme expresso no capítulo 15, ilustram a complexidade de sua jornada. Isso nos lembra de como objetivos e ambições podem ser influenciados pelo passado, pelas circunstâncias e pelas percepções de outros sobre nós.

Conclusão: entendendo nossa própria jornada

A jornada de Hércules, com todas as suas camadas e complexidades, serve como um espelho para nossas próprias vidas. Nesse espelho, vemos refletidas as questões de justiça e punição, as buscas por aceitação e compreensão, a influência do passado em nossas decisões presentes e como nossa identidade é moldada tanto interna quanto externamente. Ao refletirmos sobre esses capítulos, somos encorajados a ponderar sobre nossa própria jornada, reconhecendo que cada escolha, cada relação e cada momento de nossa vida contribuem para o contínuo desenvolvimento de nossa identidade e nosso destino.

Capítulo 16
Narizes, orelhas e mãos

Hércules completara dezoito anos. E, depois de uma avaliação madura sobre tudo que vivera naqueles anos de exílio, decidira voltar. Era uma bela manhã de um dia qualquer.

A leitora amável e o leitor mais impaciente terão pensado: esse intervalo de catorze a dezoito anos foi sumariamente ignorado pelo narrador.

E foi mesmo. Não há muita narrativa sobre esse período. Indicando tratar-se de um retiro espiritual sem acontecimentos espetaculares. Um hiato na vida do nosso herói. Entre um passado agitado e tempestuoso e um futuro igualmente repleto de ocorrências marcantes.

* * *

Dizíamos, então, que Hércules completara dezoito anos e decidira voltar.

Estava certo de que os objetivos daquele isolamento tinham sido alcançados. Que ele era outra pessoa. Que tinha agora e doravante todas as condições de se controlar. De não ser tomado pela ira. De avaliar a pertinência do uso de sua força, de modo a não produzir danos dos quais sempre se arrependera.

Em suma, Hércules estava seguro de que se tornara um homem, como queria Anfitrião, seu pai.

Despede-se de outros pastores, que por quatro anos, ali no Monte Citéron, foram seus amigos, sua família, enfim, foram tudo para ele naquele tempo e lugar.

Lança mão dos poucos pertences que o serviram ao longo desses anos e toma a estrada para Tebas. Esses deslocamentos, é bom que se diga, sobretudo aos leitores e leitoras mais apegados ao contemporâneo, eram realizados a pé mesmo.

* * *

No meio do caminho, ele encontrou mensageiros de um rei chamado Ergino. Estrangeiros, portanto. Eram cinco homens fortemente armados e vestidos como combatentes. Apresentaram-se como cobradores de impostos. E regressavam de Tebas.

Por que esse tal Ergino cobrava impostos dos tebanos?

Porque tinha sido vitorioso em uma batalha travada contra Creonte. Cobrava, por isso, anualmente, pesadíssima tributação de guerra.

Hércules ignorava tanto a derrota quanto os impostos. Por isso os cinco puseram-se a caçoar dele.

— Como assim, você é de Tebas — o sotaque devia denunciá-lo — e não sabe que são um povo perdedor? Derrotados de guerra? Não sabe que foram humilhados por nós? Que os vencemos com extraordinária facilidade? Que os tebanos se renderam sem oferecer nenhuma resistência? E que cobramos uma centena de bois todos os anos como tributo?

Queridos leitores e leitoras, concordem comigo. Ou, como dizem os jovens hoje, vamos combinar que.... Sim, isso mesmo! Vamos combinar que, para quem tinha ido fazer um retiro espiritual para aprender a se controlar, o primeiro teste estava a caráter.

E Hércules virou as costas, como se nada tivesse ouvido, e tomou o caminho de Tebas, sem nada dizer também.

Viva, o homem está curado! Acaba de comprovar um inaudito autocontrole.

* * *

O problema é que o encontro com os cinco soldados do rei Ergino não tinha acabado. Os infelizes, para dar um *upgrade* na humilhação, resolveram obstar o caminho de Hércules. Impedi-lo de passar. Puseram-se os cinco, perfilados diante dele, lado a lado, desafiando-o e assegurando-lhe que por ali não passaria.

Afinal de contas, certamente cogitaram, o que poderia fazer um pastor, insignificante, descalço e desarmado, diante de cinco homens, ricamente fardados e poderosamente armados?

Como a leitora e o leitor terão imaginado, os cinco se equivocaram. Erraram feio na avaliação daquele cenário. E constataram esse erro de modo rápido e expeditivo.

Bastaram alguns segundos para a reação. Hércules se precipita sobre os cinco com extraordinária ferocidade. Segundo os narradores, ele os submete em menos tempo do que o necessário para relatar o episódio.

Em um único movimento, desarma um dos adversários. Toma-lhe a espada com grande facilidade. E corta, de cada um deles, o nariz, as orelhas e as mãos. Na sequência, amarra essas partes amputadas em torno de seus pescoços.

Eu vou repetir. Às vezes você, leitora, leitor, embala na leitura e acaba meio que anestesiado. Como que se as palavras fossem perdendo seu poder de impacto.

Ele tomou a espada de um deles e lhes decepou com essa espada as orelhas. Como eram cinco soldados, somam-se dez. Decepou também as mãos. O cálculo é idêntico. São dez mãos amputadas. E, finalmente, os narizes. Cinco a contar pelo osso central e dez a contar pelas narinas.

Em resumo, dez orelhas, dez mãos e dez narinas foram amputadas de seus corpos, ali, a sangue quente. Ele teve que prestar muita atenção para amarrar cada uma das partes no pescoço de seu legítimo dono. Em caso de tentativa de reimplante futuro, uma eventual confusão poderia ensejar uma rejeição indesejada.

Você, leitora, leitor, já imaginou em que se teriam tornado aqueles indivíduos sem nariz, sem orelhas e sem mãos? Imaginou como teriam ficado com o nariz, as mãos e as orelhas amarrados em torno de seus pescoços?

Aqueles mensageiros soldados não paravam de gritar de susto, de pavor e de dor.

Então Hércules anuncia:

— Vocês agora podem voltar para casa. Comuniquem ao vosso rei, tão logo cheguem, que não terão este ano a paga dos cem bovinos como tributo. E que nunca mais ousem cobrá-la — sentenciou Hércules, fora de si. E se o vosso rei quiser saber o que acontecerá ao seu povo se se atreverem a nos abordar novamente, exibam-se. Ele entenderá.

Dadas essas instruções, Hércules volta para casa. Retoma seu caminho em direção a Tebas.

Antes mesmo de lá chegar, o boato da sua façanha atravessara a cidade. O seu feito já era conversa em todos os botequins em cada esquina.

Hércules estava de volta. E no caminho já exibiu seu cartão de visitas. Deixando claro a quem tivesse alguma dúvida que, em situações extremas, continuaria a ser o velho e bom Hércules de sempre.

Acho que esse encontro com os cinco soldados já nos proporcionou suficiente emoção. Melhor fechar o capítulo e abrir outro. Porque agora a história promete esquentar ainda mais.

CAPÍTULO 17
TURMINHA MEDROSA ESSA

Hércules voltou para Tebas, vocês se lembram. Isso depois de ter aplicado um corretivo, à moda da casa, naqueles forasteiros cheios de marra e pompa, que vieram cobrar os tributos na sua cidade.

Esperava, em seu íntimo, no momento mesmo da sua chegada, uma recepção calorosa e carinhosa, um tratamento de herói, um autêntico herói tebano.

Afinal de contas, ele tinha se vingado dos algozes daquela pólis. Tinha medido forças sozinho com cinco soldados fortemente armados, usurpadores de Tebas, cobradores vis de impostos indevidos, a serem pagos pelos seus concidadãos.

* * *

Dissemos que ele "esperava". O que nos lança no caminho da "esperança". Uma palavrinha sobre esse afeto que propicia boa tertúlia filosófica.

Vamos nos servir dos ensinamentos de Espinosa que você encontra na Parte III da *Ética*. Esperança é um afeto. Isso é uma oscilação da nossa potência de agir. Trata-se de um afeto positivo. Porque nele há ganho de potência de agir e de pensar. A esperança tem como causa uma ideia, um conteúdo de consciência, uma suposição, em suma, uma produção do espírito.

Trata-se de um afeto aparentado da alegria. E, por isso mesmo, distintos. A alegria é passagem para um estado mais potente do próprio ser que tem como causa um mundo efetivamente encontrado e percebido. Na esperança também há ganho de potência, mas a causa é outra. É o que cogitamos, elucubramos, pensamos a respeito do mundo.

Essa causa apenas cogitada da esperança justifica muito das críticas que esse tipo de afeto costuma receber. Isso porque o esperançoso ainda não se deparou com a realidade sobre a qual cogita.

Portanto, toda esperança se dá na ignorância a respeito do mundo cogitado. Ela também acontece em função de certa impotência. Se pudéssemos fazer advir aquilo que esperamos, não esperaríamos mais, com certeza. E, finalmente, o esperançoso está privado de um tipo de gozo que depende do encontro com a realidade.

Trata-se, portanto, de um afeto na ignorância, na impotência e na castidade. Atributos mais que decisivos para rebaixar o afeto quando o assunto é vida boa.

* * *

Voltando a Hércules, de fato, ele ignorava a recepção que viria a ter. Tampouco podia impor o carinho de seus concidadãos. Além de ignorar e não poder fazer acontecer, Hércules, afetado de esperança enquanto sonhava com o desfile no carro do corpo de bombeiros, não sentia a alegria do calor da sua cidade. Sentia outra coisa.

Caso a recepção esperada se verificasse quando da sua chegada, o afeto de esperança seria substituído pelo de alegria.

Não foi o que aconteceu. Pelo contrário.

* * *

Quando o nosso herói finalmente chegou, teve uma surpresa bem desagradável. Como dissemos, a notícia da sua façanha já corria solta. Mas, no lugar da aclamação, da reverência, do reconhecimento, da glorificação, eis que Hércules foi recebido de um modo bem inesperado e surpreendente.

A ação violenta e cruel que vitimou os cinco soldados inimigos foi considerada pelos rebanhos como temerária, estúpida e absurda. Segundo o entendimento de quase todos, a agressão em questão correspondeu a uma nova declaração de guerra.

Hércules teria chamado para a briga inimigos que, naquele momento, lhes eram sabidamente superiores em recursos bélicos. Tudo fazia pensar em uma nova derrota e uma nova humilhação, pior do que a primeira, quem sabe.

Desse modo, todos já estavam esperando pelo pior.

Qualquer dia desses, o exército de Ergino invadiria a cidade para se vingar, lavar a alma da afronta sofrida, a que tinha submetido Hércules os seus cidadãos.

Não havia quem não repetisse.

— Eles são mais fortes, eles são mais bem armados. De fato. As armas que Tebas tinha foram parar justamente nas mãos dos inimigos no último enfrentamento. Agora não serão mais só cem cabeças de gado que terão que ser pagas em tributo. Provavelmente muitas mais.

* * *

A esperança acabou. A realidade percebida se impôs. Toda aquela festa imaginada por Hércules foi substituída por frieza, desdém e consternação. A esperança deu lugar à tristeza. O mundo encontrado deu um pontapé no outro, divagado e imaginado ao longo da longa caminhada.

Questão de ver se os concidadãos estavam certos em temer tanto, ou se Hércules fez muito bem em pôr limites aos usurpadores.

Tarefa para o próximo capítulo.

Capítulo 18
UMA VITÓRIA E UM LUTO

Hércules agira contra os interesses de Tebas ao agredir os soldados inimigos. Essa era a opinião de quase todos. Essa era também a opinião de Anfitrião, seu pai.

Assim, teve que ouvir o mesmo tipo de reprimenda paterna que tanto o entristecia antes do exílio em tempos de adolescência.

— Você não pensa no que faz. Você é mesmo um tonto. Olha só a enrascada em que você nos meteu! Agora toda a cidade vai pagar caro, talvez com a própria vida, essa afronta que você, de modo leviano e impensado, impingiu aos nossos inimigos.

Anfitrião esbravejava com os mesmos olhos flamejantes e a mesma raiva de outrora.

— Mas pai, ouça-me!

Anfitrião não queria ouvir o que Hércules tinha para dizer. Mas Creonte, você sabe, o rei do pedaço, que estava ali de butuca escutando a bronca, pediu a Anfitrião que deixasse Hércules se explicar.

* * *

Na grande sala do palácio, na presença de todos os conselheiros, ministros, secretários, enfim, o governo todo de Creonte em seu mais alto escalão, todos olhavam perplexos para esse jovem de proporções gigantescas que pedia a palavra.

Havia na sua aparência mais do que uma pitada de enigmático, de fora do comum, de selvagem, de rude.

Os anos passados fora da cidade aparentemente não tinham sido suficientes para docilizar os seus modos.

Hércules, sentindo todos os olhares que o fitavam com curiosidade, admiração e temor, tomou finalmente a palavra e disse:

— Povo de Tebas! Gente da minha terra! O tributo que Ergino cobra é profundamente injusto. E ele o continuará cobrando. Ano após ano. Sem trégua. Sem clemência. Sem prazo. E sabem por quê? Porque sabe que é superior em armas, em força física. Continuará cobrando porque sabe que vocês têm medo dele.

— Ergino tiranizará Tebas para sempre — continuou Hércules. — O único modo de pará-lo será enfrentá-lo. Sem medo. Deixai-me, portanto, dar continuidade ao que já comecei. Eu vou liderar o nosso exército. E nós libertaremos Tebas desse jugo odioso e injusto.

Creonte ouviu todo aquele discurso. Parecia a princípio um pouco incrédulo. Motivos não faltavam. Afinal, o que poderia um único homem contra um exército?

Por outro lado, o mesmo Creonte não tinha escolha. O exército de Ergino se aproximava, com certeza. Creonte consulta Anfitrião com um olhar. Este parece resignado. Impõe apenas a condição de lutar ao lado do filho. A justificativa é que Hércules poderia cometer outras sandices na ausência dele, seu pai.

— Eu preciso estar ao seu lado. Quantas outras burradas poderá fazer se estiver sozinho?

Hércules não quis dizer ao pai, sobretudo ali diante de todos, o que ele pensava sobre a presença de Anfitrião entre os combatentes. Tomava-o por um velho, completamente despreparado para o combate e alvo fácil para os inimigos. Não tinha condições de lutar. Seria melhor que não viesse.

Mas como dizer a um homem como Anfitrião, altivo, ainda ativo, mesmo que idoso, que Hércules respeitava tanto, que ele não tinha mais forças para uma guerra?

Então Hércules dirige-se ao seu pai e diz:

— Será com muita alegria, meu pai, que eu estarei ao seu lado nessa batalha.

* * *

E assim, depois de alguns dias de uma estranha preparação, Tebas reúne um exército de Brancaleone, um catado de esfarrapados, munidos de paus, pedras, facas. Ei-lo perfilado para enfrentar os milhares de homens bem armados e bem treinados que chegariam com Ergino para a batalha.

Pois muito bem. Ao contrário do que a disparidade de meios anunciava, os tebanos não só resistiram como, com extrema rapidez, puseram para correr seus inimigos.

Ouvia-se por todos os lados gritos de dor e de morte. Os combatentes de Ergino foram sendo esmagados sem conseguir entender de onde partiam os golpes que os alvejavam.

A leitora deslumbrada e o leitor um pouco enciumado entenderam tudo. Hércules trucidava um a um seus inimigos. De modo que estes ou sucumbiam em extrema violência ou fugiam aterrorizados.

* * *

Num relance, cercado por muitos, Hércules procura com o canto dos olhos pelo pai e não o encontra. Chama por Anfitrião sem resposta. Insiste na busca. Até encontrá-lo enfrentando palmo a palmo, em duelo de um contra um, o próprio Ergino.

Hércules corre em seu socorro, mas era tarde demais. Fulminado por um golpe mortal desferido pelo seu contendor, Anfitrião tomba em batalha sem vida. Dilacerado, Hércules, com um único golpe, corta Ergino ao meio, pondo fim à guerra.

Hércules se ajoelha ao lado do pai e assiste à aproximação da sombra da morte que veio cobri-lo.

Antes, porém, Anfitrião lhe diz:

— Você deve saber toda a verdade. É chegada a hora. Procure Tirésias, o cego. Ele te contará tudo que precisa saber sobre a sua origem.

E com essas palavras Anfitrião se vai, deixando Hércules em desespero e devastação. Mais um morto por sua causa, sem que ele nada tenha podido fazer.

Muita ação. Muita emoção. Não sei vocês, mas eu preciso me restabelecer. O espírito chacoalhado pelas ocorrências precisa de paz. Um novo capítulo não viria mal.

Antes, porém. Se tivesse que escolher uma trilha sonora para acompanhar a leitura desse capítulo que ora finda, não hesitaria em sugerir a sinfonia n. 6, de Tchaikovsky.

CAPÍTULO 19
À SUA IMAGEM E SEMELHANÇA

Vimos no capítulo anterior que Hércules matou Ergino, o algoz de seu pai. Mas nosso herói sabia ser ele o grande responsável por aquela morte. Antes de morrer, Anfitrião pede ao filho para procurar Tirésias, o adivinho cego. Ele lhe contaria tudo sobre sua origem.

Viemos até aqui.

Eis que um novo capítulo se abre.

* * *

Hércules foi procurar Tirésias. E este se dispôs a lhe contar tudo. Usamos aqui os mesmos termos ditos pelo próprio Anfitrião em suas últimas palavras. Tratava-se de contar a Hércules "a verdade sobre sua origem".

Provavelmente, o próprio Anfitrião, se não estivesse com os dedos dos pés apontando as estrelas, teria contado a Hércules toda a verdade. Mas pressentiu que não daria tempo e confiou a tarefa a Tirésias.

Supomos nós que esse tal Tirésias, sempre presente nas histórias dos mitos, costumava saber mais sobre a vida das pessoas do que elas próprias.

Hércules estava curioso. Seu espírito fervilhava de perguntas.

Que tipo de segredo sobre sua origem poderia haver? Por que tais informações permaneceram em sigilo durante tanto tempo? A quem poderia interessar a conservação desse segredo? Por que ele, Hércules, não podia, até então, ter tomado ciência do que só agora lhe seria revelado?

O encontro entre Hércules e Tirésias se deu poucas horas após a morte de Anfitrião. Isso nos faz pensar que o adivinho encontrava-se por perto. Provavelmente em Tebas mesmo.

* * *

Hércules chegou chegando, como diziam meus alunos. Cheio de inquietações e de perguntas. Tirésias, cioso da sua autoridade, pede a Hércules que se cale.

— Escute com atenção — enunciou com formalidade o adivinho. — O seu destino será o de matar todos os animais ignorantes do que é ser justo ou injusto; matar todos os homens cuja arrogância impeça de trilhar o correto e devido caminho. Você terá grandes dificuldades. Enfrentará grandes obstáculos. Mas obterá, finalmente, paz, junto a Zeus, no Olímpio eterno.

— Agora escute a sua história. Preste bem atenção porque eu não vou repetir. Alcmena, sua mãe, filha de Electrião, era decerto a mulher mais bela de seu tempo. Mas não era só isso. Sua presença de espírito, astúcia, jeito de ser, de viver e de lidar com as pessoas, tudo isso fazia dela a mulher mais cobiçada também. O coração de Alcmena estava entregue a Anfitrião. Ela o amava. E tenho para comigo que sempre o amou. Até a sua morte.

Porém, Anfitrião estava proibido de deitar-se em seu leito, condição imposta pelo futuro sogro. Isso, como já sabemos, enquanto não vingasse os irmãos de sua pretendida, mortos pelo tio.

Até esse ponto, Hércules estava a par, e nós também, informados que fomos pela própria mãe do herói antes que esse partisse para seu retiro forçado.

Daqui para a frente, portanto, teremos novidades. Para Hércules e para nós. Portanto, façamos silêncio e devolvamos a palavra a Tirésias, porque ele odeia interrupções e ouvintes desatentos.

— Acontece que Zeus, o criador do Cosmos, o deus dos deuses, o chefe do Olimpo, bem, Zeus tinha o hábito de se apaixonar por humanas.

— Apaixonar por humanas? — pergunta Hércules com estranhamento.

— Sim, humanas, mulheres. Essas de vida finita que convivem conosco, que vão morrer como nós. Quanto a apaixonar-se, não sei se chega exatamente a tanto, porque deuses são diferentes de nós. Arrisco afirmar que não sentem as paixões que sentimos. Mas, com certeza, ele, Zeus, as desejava, as humanas, e muito. Não todas, claro. Só algumas. As mais lindas, sedutoras, especiais. Agora, deixe--me continuar. Não há muita dificuldade em entender o que estou falando. Bem, não deu outra. Zeus se encantou por Alcmena. Arriou os quatro pneus e o estepe por ela. Conhecia suas virtudes, sua beleza, e desejava possuí-la. E você sabe: nada nem ninguém pode resistir ao desejo de um deus, sobretudo quando esse deus é Zeus.

— Mas minha mãe amava o meu pai. Você disse — atalhou Hércules, com indignação e ciúme.

— Sim, não há dúvida — tranquiliza-o Tirésias. — Nunca duvide do amor de sua mãe por seu pai. E Zeus, sabendo disso, o que fez?

— Eu é que pergunto — responde Hércules impaciente.

— Fiz uma pergunta retórica, meu jovem. Era para eu mesmo responder. Não seja ansioso. Zeus usou de um sofisticado artifício. Bem, sofisticado para nós, para nossas possibilidades. Mas para ele, uma bobagem corriqueira.

— E que artifício foi esse? — perguntou Hércules, ardendo de curiosidade.

— Zeus se fez passar pelo seu pai.

— Como assim?

— Ele assumiu a aparência de Anfitrião. O corpo, as roupas, a voz, o jeito, o modo de pensar, tudo. De modo que Alcmena, ao estar com Zeus, estava certa de estar na companhia de seu amado.

Fez mais. Aproveitou-se da ausência daquele pobre pretendente humano, atarefado em vingar os irmãos de sua amada, e desembarcou de mala e cuia em casa de Alcmena, como que se estivesse de regresso de sua empreitada. Por ser Zeus, estava a par de tudo que estava se passando com Anfitrião. Cantava vitória com euforia dissimulada, assegurando à sua presa ter vingado todos os seus irmãos, como solicitado.

Alcmena, feliz com o regresso de seu amado, ouve com alegria o relato de seu pretendente. E lhe concede, como prometido, uma primeira noite de amor.

Zeus, sempre disfarçado de Anfitrião, deita-se com Alcmena. E ordena ao Sol que pare o seu curso. De modo que, por três dias e três noites, aquele singular casal viveu uma longa e intensa noite de amor.

Quando o Sol foi finalmente autorizado a lançar sobre a Terra seus primeiros raios, Zeus, claro, já tinha se escafedido.

— Meu Deus!

— Pois é. Ele mesmo.

— Então, o primeiro homem da minha mãe não foi o meu pai!

— Não.

— O primeiro homem da minha mãe não foi propriamente um homem!

— Também não.

— Como minha mãe poderia saber?

— Não poderia.

— Mas, e aí? Quando meu pai chegou de volta?

Eu vou pedir a Tirésias que nos deixe respirar. Sei que muitos estarão ávidos pela sequência da história. Mas capítulos existem para isso mesmo. Para marcar o ritmo segundo as intenções do autor.

Senão o samba atravessa e a maionese desanda.

Capítulo 20
JÁ FEZ ISSO ONTEM

Alcmena acordou cedo e procurou pelo seu amado. Primeiro na cama, com os braços e sem abrir os olhos. Depois por todos os cantos, com os olhos bem abertos. Mas não o encontrava. Achou muito estranho aquele sumiço. Afinal, ele parecia ter apreciado bastante a experiência.

Mas sua inquietação durou pouco. Eis que, na noite seguinte, ele reapareceu. Só que dessa vez era o verdadeiro Anfitrião.

E chegou todo pimpão, radiante e feliz por ter conseguido vingar os irmãos de sua amada. Destacou a facilidade com que realizara sua tarefa. Nunca saberemos se Zeus não intercedeu aí também, para que o seu relato da noite anterior coincidisse com o do verdadeiro Anfitrião.

Alcmena ouve toda a peripécia do amado que, pela segunda vez, apresenta os detalhes de sua façanha. E o faz, claro, como se estivesse, de fato, informando, contando uma novidade.

Alcmena, por sua vez, sem entender direito o motivo da repetição, ouvia tudo aquilo de novo, já sabendo tintim por tintim tudo o que Anfitrião lhe contaria.

Manifestando algum enfado, ela interrompe o noivo e lhe pergunta:

— Onde você se meteu? Eu te procurei por todos os cantos!

Anfitrião não entende bem e diz:

— Uai! Eu estava em combate! Estava a vingar seus irmãos.

— Sim, eu sei. Você já me contou. Já sei das suas proezas.

Anfitrião estava perplexo. Como diria o tio Dino, com um verdadeiro cativeiro de pulgas atrás da orelha. Como ela poderia saber? Que história era aquela que ele já lhe havia contado?

Mas a vontade era tanta de possuir sua amada, que foram ambos, sem mais delongas nem conversinhas, para o leito dos finalmentes. Leito esse que já fora visitado e devassado por Zeus na longa noite anterior.

No dia seguinte, a conversa foi retomada, e Anfitrião se dispõe a contar novamente, com euforia, como fizera para vingar os irmãos. Mas Alcmena, estranhando cada vez mais a atitude do noivo, balançava a cabeça fingindo mal um interesse que não podia ser seu.

E Anfitrião, incrédulo, indaga:

— Mas como é possível? Só eu sabia disso.

— Mas foi você mesmo que me contou! — insiste Alcmena com ingenuidade.

— Mas quando foi que eu contei?

— Ontem, uai.

Anfitrião, tomado de ódio, entende que fora traído. Agarra sua amada pelos cabelos e a conduz à praça pública. Perante todos, comunica a traição e sentencia que será queimada imediatamente.

Quando o fogo estava na iminência de alcançar a perplexa amada, que até então nada pudera entender, eis que Zeus manda uma tempestade, que apaga o fogo da fogueira, salvando assim Alcmena da injusta condenação.

Pois bem, meus amigos, eis aí que Anfitrião é informado do que acontecerá.

Tirésias então interrompe sua narrativa, Hércules a escuta pacientemente.

Tirésias olha para longe com seu olhar de cego, para que Hércules tivesse tempo de deduzir ele mesmo o fio da história. O passado que explica o presente. A sua verdadeira origem. A razão da sua força.

Mas Tirésias não tinha terminado a sua narrativa, Tirésias tinha mais para contar.

Mas não será neste capítulo, que já vai com linhas em demasia.

SUPERANDO OBSTÁCULOS E REVELANDO POTENCIAL: AS LIÇÕES DE HÉRCULES

Introdução

No meu olhar, a jornada de Hércules, abordada nos capítulos 16 a 20, oferece metáforas poderosas sobre superação, autodescoberta e busca pela verdade. Aqui, eu me aprofundo nessas histórias, desvendando lições valiosas para nossa própria trajetória de crescimento e desenvolvimento pessoal.

1. A importância do autocontrole e da maturidade

Hércules demonstra paciência e controle impressionantes diante de provocadores no capítulo 16. Essa evolução sinaliza uma maturidade que todos devemos almejar. A paciência é uma virtude essencial na vida pessoal e profissional. Refletindo sobre nossas reações e escolhendo respostas maduras, crescemos como indivíduos e influenciamos positivamente nosso entorno.

2. Responsabilidade e consequências das ações

Os eventos dos capítulos 17 e 18 destacam um princípio crucial: somos responsáveis pelas consequências de nossas ações. As intenções de Hércules, embora justas, geram medo e incerteza. Esse é um lembrete de que devemos considerar o impacto de nossos atos e entender que nossas escolhas têm efeitos além de nossas intenções.

3. Encarando a verdade para o crescimento pessoal

O capítulo 19 revela a origem de Hércules, trazendo à tona verdades surpreendentes. Confrontar a verdade, mesmo que desconfortável, é essencial para o nosso crescimento. Assim como Hércules, devemos estar prontos para encarar nossas verdades pessoais, pois elas são fundamentais para entender quem somos e o que podemos nos tornar.

4. Comunicação: a chave para relações saudáveis

A história de Alcmena e Anfitrião no capítulo 20 ilustra a importância da comunicação eficaz. Os mal-entendidos quase levam a uma tragédia, ressaltando a necessidade de ouvir atentamente e se expressar claramente. Em nossas vidas, a comunicação é vital para evitar conflitos e construir relacionamentos saudáveis e compreensivos.

5. Humildade e humanidade: aprendendo com erros

Hércules, apesar de sua força e origem divina, é fundamentalmente humano — ele erra, enfrenta desafios e aprende com eles. Essa jornada reflete nossa própria experiência humana. Nossos erros são oportunidades de aprendizado, e a humildade é essencial para reconhecer e crescer com essas experiências.

6. Conclusão: a jornada do crescimento contínuo

A história de Hércules é um espelho da nossa jornada de crescimento. Ela nos ensina a valorizar o autocontrole, a ponderar as consequências das ações, a enfrentar as verdades difíceis, a comunicar com eficácia e a manter a humildade. Cada desafio é uma oportunidade de revelar nosso verdadeiro potencial e avançar em nossa jornada pessoal e profissional.

Nessa jornada, lembre-se: o crescimento é contínuo e não linear. Como Hércules, cada um de nós tem a capacidade de superar obstáculos, aprender com os erros e se transformar. Nosso potencial é ilimitado quando abraçamos a jornada de autodescoberta com coragem, determinação e mente aberta para as lições que a vida nos apresenta.

CAPÍTULO 21
CHIFRE DIVINO

Hércules, que escutava pacientemente o relato de Tirésias, pediu para que o adivinho cego continuasse a sua narrativa.

Interrompemos quando Zeus mandara uma tempestade para apagar a fogueira em que Anfitrião pretendia queimar viva a sua amada Alcmena. Mas a intervenção divina não se limitara a isso.

Zeus, ele mesmo, informou a Anfitrião que Alcmena dizia a verdade. Que ela nunca o traíra. Que sempre acreditara estar se entregando a ele, Anfitrião, seu amado. Que ele próprio, Zeus, teve que se disfarçar para poder alcançar o que pretendia. Que se passara por ele, Anfitrião. Tão perfeitamente que aquela mulher não poderia ter se dado conta. E que, portanto, Alcmena não merecia a sorte que ele pretendia lhe impor. Devendo, pois, ser perdoada. Imediatamente.

E Zeus continua, agora em discurso direto, porque cansei dos imperfeitos e mais-que-perfeitos.

— Da longa noite que passei com sua mulher, nascerá uma criança. É meu filho. Ele terá um destino repleto de aventuras. Mais aventuras do que todos os outros heróis reunidos. Quanto a você, nobre Anfitrião, zelará para lhe dar, a esse que nascerá do ventre de Alcmena, a melhor educação que lhe puder proporcionar.

Zeus então se cala. E se vai. Anfitrião, por sua vez, obedece.

* * *

E Tirésias continua:

— Você, Hércules, teve os melhores mestres que a Grécia poderia oferecer. Castor te ensinou a arte da guerra; Arpálicos, a lutar; Euritos, a atirar com o arco; e Anfitrião, ele próprio, te ensinou a conduzir um veículo puxado por animais, uma charrete, porque ele era excelente nessa arte, de dirigir os cavalos. Você, por outro lado, sempre demonstrou muito pouco interesse pelas coisas do espírito, pela arte de pensar, pelo aprendizado dos conceitos. Isso de se sentar para estudar nunca foi o seu forte, vamos combinar!

Hércules baixou a cabeça, coberto de vergonha. Sentia profundo remorso.

— Puxa vida — arrancou aos prantos o nosso herói. — O meu pai, mesmo sabendo que eu era filho de outro, sempre me proporcionou do bom e do melhor. E eu, que não passo de um energúmeno, aproveitei tão pouco. Por que simplesmente não obedeci? — pergunta-se, em revolta. — Por que eu não obedeci, o tempo inteiro, esse homem tão especial?

Hércules está corroído pelo arrependimento.

* * *

Tirésias continuou seu relato:

— Eu ainda não terminei. Porque se até aqui a vida foi dolorida e cheia de erros, nada autoriza a acreditar que as coisas ficarão mais fáceis.

— E por que você diz isso?

— Enquanto tudo isso acontecia, enquanto Zeus advertia Anfitrião a respeito da sua origem, a respeito do quanto Alcmena tinha sido por ele enganada, exatamente nesse mesmo momento, do outro lado do mundo, lá em cima, no Monte Olimpo, uma deusa também ardia de raiva e de ciúmes.

Você deve imaginar de quem se trata. Da esposa de Zeus, claro. Seu nome é Hera. Hera com *H*. Nada a ver, portanto, com o imperfeito do verbo "ser". E Hera, com *H* e tudo, não estava nada feliz.

— Mas, o que isso tem a ver com a minha vida ser mais fácil ou mais difícil?

— Ora, Hércules, me espanta a sua ingenuidade. O melhor meio para atacar o marido infiel, fazê-lo sofrer pela sua infidelidade, é não dar vida fácil ao filho bastardo que ele tanto ama. No caso, você. E quando uma deusa tão poderosa decide perseguir alguém, como um humano da sua espécie, a coisa pode ficar feia.

Esse Tirésias, viu...

O coitado do Hércules acabou de perder o pai, de descobrir que o pai não era pai, que a mãe fora enganada de modo vil pelo mais poderoso dos deuses, não precisava trazer mais essa, que Hera ia infernizar sua vida o máximo que suas forças e sua astúcia permitissem.

Podia bem ter aliviado a última. Deixado para outro dia. Um refresco, de vez em quando, cai bem.

Por isso, vamos deixar o adivinho descansar, Hércules terminar de encaixar todos os golpes e mudar de capítulo.

Afinal, "o tempo ruge e a Sapucaí é grande", como dizia o grande Giovanni Improtta.

Capítulo 22
JURAMENTO DESASTRADO

Hera se zangou. Dessa vez ela não deixaria barato. Também, pudera. O marido não se aquietava. Bastava ser humana e com algum borogodó para se converter em alvo do momento. A fissura só acabava mesmo nos lençóis. E aumentar a prole não parecia ser um problema.

— De novo, Zeus? Mais um adultério? Mais uma infidelidade? Mais um chifre na minha testa?

Em todas as outras puladas de cerca, ela fizera vista grossa e perdoara a conduta do marido. Desta feita seria diferente. Ela dera um basta. A vingança de Hera seria impiedosa.

O dia do nascimento de Hércules se aproximava. Zeus, seu pai, não se dava ao trabalho de esconder o contentamento, o júbilo, a alegria.

— Meu filho vai nascer! — gritava Zeus em euforia.

E cantarolava em altos brados para que todo o Olimpo soubesse.

— O meu filho vai nascer! Uma criança vai vir ao mundo e ela tem o meu sangue. Pertence à raça dos mortais, mas tem o meu sangue. E ela há de reinar junto aos seus.

Hera aproveitou aquele momento de euforia e articulou uma cilada para o marido.

— Zeus, marido amado. Pelo que entendi, é da sua vontade que o primeiro menino que vier ao mundo a partir de agora reine sobre todos?

— Foi isso mesmo que você ouviu! — disse Zeus.

— Nesse caso, se é mesmo essa a sua vontade, por que você não faz um juramento? Algo do tipo: o primeiro que nascer vai reinar sobre todos os seus, esta é a palavra de Zeus.

E assim foi feito. Zeus fez o juramento mais solene possível. O deus açodado não se deu conta da astúcia da esposa. Hera trataria de fazer com que outro viesse ao mundo antes de Hércules. E se assim acontecesse, o marido teria de aceitar que outro que não Hércules fosse o governante.

Para tanto, Hera tinha pouco tempo. Mas, pelos poderes de uma deusa traída, seria outro a nascer primeiro. E, desse modo, segundo o inequívoco juramento de Zeus, seria outro a reinar sobre os seus que não aquele filho bastardo. Essa seria a primeira de uma série de vinganças.

* * *

Para implementar a tarefa, Hera convocou sua filha Ilítia, deusa dos partos.

— Ilítia, preste atenção. Hércules está por nascer. E você não pode deixá-lo vir à luz.

— Mas como eu vou fazer para impedir esse parto?

— Se vira! Você não é a deusa dos partos? Se vira! Não o deixe nascer. Enquanto isso, eu vou tratar de fazer outro nascer antes. Seja quem for.

Pois muito bem, assim se fez. Ilítia impediu Alcmena de parir. E Hércules de nascer.

Enquanto isso, Hera foi provocar o parto de alguma grávida que já estivesse em final de gestação.

A parteira que deveria ter ajudado Alcmena a dar à luz estranhou a presença de outra pessoa participando dos trabalhos. Deu-se conta do atraso. Já era para ter dado à luz há muito tempo.

A parteira percebe que se tratava de Ilítia, filha de Hera. Suspeitou que houvesse uma iniciativa maldosa da deusa sendo implementada.

Fez-se, então, de desentendida. Informou Ilítia que Alcmena já tinha dado à luz. Eis que a deusa dos partos se apavora. Ao afastar-se para procurar o recém-nascido, acaba abrindo caminho para que a mulher de Anfitrião finalmente parisse.

E Alcmena pariu gêmeos. Um filho de Zeus, Hércules, e um filho de Anfitrião. Com sete dias e sete noites de contrações obstruídas.

Como podem ver, queridos leitor e leitora, a história não nos dá sossego. Não tem um segundo de calmaria. É só jogo pegado. Ninguém alivia.

Por isso, resta-nos agora esquentar um leitinho com mentruz e adoçar com uma colher bem cheia de mel. Flor de laranjeira, por favor. Tome devagar. Não tenha pressa. Depois voltamos. Eu te espero.

Capítulo 23
Sem lenço e sem documento

Eu não deixei claro no capítulo anterior. Porque queria muito recuperar a autoria do relato. Porque sempre fui possessivo e mesquinho.

Mas é Tirésias que continua contando pra Hércules tudo o que lhe aconteceu.

— Hércules, preste atenção. Foi graças àquela parteira que você e seu irmão finalmente conseguiram nascer. Ela foi decisiva. Vocês poderiam ter morrido. O plano de Hera, executado pela filha, era muito cruel. E deve iluminar as lamparinas do seu juízo. Veja até que ponto Hera está disposta a chegar para se vingar.

— Mas o plano dela deu errado. Demoramos a nascer, mas nascemos.

— Infelizmente, o plano de Hera deu certo. Deuses não costumam dar ponto sem nó. Um outro bebê, da mãe Nícipe, com sete meses, nasceu prematuro, minutos antes que você, Hércules, viesse ao mundo. Desse modo, você não foi o primeiro a nascer depois do juramento de Zeus. E Hera, ela mesma, foi comunicar ao marido o ocorrido.

Imagino que tenha sido mais ou menos assim:

— Marido amado, um segundo da sua preciosa atenção, por obséquio. Você se lembra do seu juramento? Você jurou, meu esposo, que o primeiro que nascesse após o seu juramento reinaria sobre os seus. E você imaginou que seria Hércules. A aposta não era insensata. Afinal, Alcmena, a mãe, estava mesmo para parir. Porém, suprema divindade do Olimpo, deu ruim. Venho por meio desta missiva verbal lhe comunicar que o filho de Nícipe, de nome Euristeu, nasceu nesta madrugada, alguns minutos antes do seu Hércules. Logo, de acordo com o juramento, que como todos os outros juramentos do deus dos deuses é mais do que sagrado e irrevogável, será ele, Euristeu, a reinar sobre os seus. E não o rebento de Alcmena. Achei que deveria ser você, esposo amado, o primeiro a saber. Afinal, julguei ser assunto do seu interesse.

— Você pode imaginar — continua Tirésias — como seu pai ficou devastado. Porque deuses nessa época são assim. Amar, não sei se amam. Mas em termos de orgulho ferido, ninguém supera. Ele tinha certeza de que seria você o primeiro a nascer. Tanto que nada fez para que assim as coisas acontecessem. Jamais poderia supor que Hera conspirasse contra suas pretensões. Se ele tivesse sido mais precavido, teria anulado, com facilidade, as manobras da esposa. Mas não o fez. Contou com o ovo na panela da omelete. O ditado antigamente era esse. Agiu como se tivesse o rei na barriga. E realmente, como ironizou a esposa, deu ruim. Será Euristeu o futuro governante dos seus.

— Esse Euristeu é o mesmo que governa Micenas ainda hoje?

— Exatamente. Insisto, querido Hércules. Você não pode imaginar a tristeza de seu pai. O que era para ser um momento de celebração e júbilo converteu-se num autêntico luto. Mas não teve jeito. Esse negócio de juramento sempre foi levado muito a sério pelo pessoal do Olimpo.

— E minha mãe? Ficou sabendo de tudo isso?

— Alcmena, depois de parir, imaginou que, sendo você filho de quem era, caberia a seu pai, deus dos deuses, cuidar da sua educação. Desse modo, ela decidiu deixá-lo na rua. Seria um modo de comunicar a seu pai sua decisão de mãe. Ela tinha certeza de que Zeus, que de tudo sabia, que tudo via, embora nem sempre prestasse muita atenção, providenciaria uma solução divina para você. E o fez por amor, você pode ter certeza disso. Embora, como toda mãe, desejasse, mais do que tudo, te ter no colo e te dar carinho, julgou que o melhor para você seria uma criação olimpiana.

— Mas minha mãe me deixou assim na rua, ao relento, sem lenço e sem documento, à mercê de tudo que pudesse acontecer?

— Não por muito tempo.

Mas o que aconteceu a partir daí, Tirésias que me perdoe, teremos que aguardar um tiquinho para saber. É o tempo de um virar de página para os mais ansiosos. Mas de um xixi para o autor, que já beira os sessenta e tem a bexiga espremida por uma próstata voraz.

Capítulo 24
Qual será o meu?

E esse Tirésias, que não larga o osso, permanece nosso narrador. Nada a fazer. É ele que sabe das coisas.

— Atena, deusa da guerra, estava de olho nas manobras de Alcmena. Ela sempre foi doida por criança, todos sabem disso. E deu um jeito de passar pela porta da sua casa e cuidar para que nada de mal te acontecesse. Atena é filha de Zeus com Métis, deusa da astúcia. Haverá quem diga que Métis é deusa da razão, da prudência, da sabedoria. Mas tenho para comigo que ela é mesmo a deusa da astúcia. Atena fez-se anunciar e te devolveu para Alcmena. Não sem antes sentenciar:

— Toma que o filho é teu. Cuida aí do garotão. Meu pai entende que é você a mais indicada para educá-lo. Você e Anfitrião, seu marido.

— E sua mãe — continua Tirésias —, feliz da vida, não tem como descrever. Autorizada pelo próprio Zeus a educar o filho dele, Alcmena te acolheu em seus braços, com a certeza de que a partir daquele momento você seria filho dela de verdade e para sempre. Foi o dia mais feliz da vida dela, pode apostar.

* * *

E Tirésias segue firme o seu relato. A tarefa fora encomendada por Anfitrião em seus derradeiros sussurros ao filho.

— Nos meses que se seguiram ao seu nascimento e ao do seu irmão gêmeo, Anfitrião parecia particularmente desgostoso. Comportava-se de modo mais indócil do que de hábito. O tempo todo irrequieto. Eu me lembro bem. Cheguei a fazer-lhe uma visita. Mas aleguei um compromisso antes mesmo do primeiro café. O homem permaneceu no seu mundo, corroído pelo que lhe brotava na mente, e desagradado com qualquer coisa ou qualquer um que se lhe passasse pela frente. Saindo dali, não foi difícil decifrar o código daquele cofre de angústia. Se cada um é pai de um, qual dos dois é o meu filho?

Zeus, fazendo-se passar por Anfitrião, deitara-se com a mulher desse último e a fecundara em sua primeira noite de amor. Na noite seguinte, Anfitrião, ele mesmo, também se deitara com sua mulher e também a fecundara. Dessa curiosa sequência de amores e fecundações nasceram dois gêmeos. Ora, um deles é filho de Zeus e o outro, de Anfitrião. Como saber?

— Puxa vida. Mas pelo fato de sermos tão diferentes, suponho que desde recém-nascidos não fôssemos nada parecidos. Não creio que fosse tão difícil identificar quem era quem.

— Eu também acho. Mas sabe como é. Se para quem está de fora do problema qualquer solução aproximada basta, para quem é pai, é preciso ter certeza. Hércules de deus! Você não faz a menor ideia de como descobriram. Dizem as más línguas que a sugestão do procedimento fica na conta de Hera. O que é muito provável, dado o interesse dela em colocar você em risco.

* * *

— Nossa. Fiquei curioso. Que procedimento tão arriscado foi esse?

— Anfitrião colocou no quarto dos dois bebês, que a essa altura não tinham mais do que os seus oito ou nove meses de vida, duas serpentes. Dessas de estrangular vaca pelo pescoço e devorar jiboiando sábado afora, como se fosse um churrasco com os amigos.

— Mas isso, de fato, foi uma temeridade. Só pode ter sido ideia de Hera.

— É o que todo mundo que conhece essa história também acha. Naturalmente, seu pai pretendia com isso tirar a prova dos nove. Verificar qual dos dois conseguiria se defender dos dois répteis. Com certeza, seria ele o filho de Zeus. Enquanto o outro, de comportamento mais normal para a idade, seria, por exclusão, o seu próprio filho. Seu irmão dormia a sono solto. E você também estava cochilando tranquilo. Não demorou muito para que as serpentes se esgueirassem pelo berço. Uma delas se enroscou em seu corpo e já estava começando a te asfixiar. Foi quando você acordou. Rapidamente, você deu conta do que estava a acontecer. Pegou cada uma delas com uma mão, assim, na região das cabeças. E, desse modo, promoveu, à revelia delas, é claro, uma beijoca na boca entre ambas. Mas a aproximação das cabeças não foi doce. Tampouco delicada. Você esmagou a cabeça de uma serpente com a cabeça da outra e vice-versa. Como se estivesse tocando prato, sabe prato, um instrumento musical, num concurso de bandas e fanfarras. Em seguida, você puxou o bercinho do seu irmão mais pra perto, para protegê-lo. E ele ficou ali, olhinhos arregalados. E, como sói acontecer, sem entender direito o que tinha se passado.

Anfitrião então teve a prova que queria. Você era o filho de Zeus. E seu irmão, o filho dele. Que, aliás, depois do susto só chorava. Como aliás costuma acontecer com os filhos de mortais puro-sangue. Sobretudo numa situação em que o irmãozinho de nove meses acaba de esmagar duas cabeças de serpente com as próprias mãos.

A partir desse dia, Anfitrião assumiu para si a responsabilidade por vocês dois.

— Esses dois são meus filhos. Vamos parar com essa história de filho desse ou filho daquele. Isso daqui é uma só família. Com um casal e dois filhos. E fim de papo.

Hércules se emocionou agora. No fundo, ele era mesmo filho de quem o quis para si. Ele era filho de Anfitrião. E tinha muito orgulho disso. Claro que com esse orgulho, sentia também todo o remorso pelo comportamento indigno que teve com esse pai que, mesmo nesse contexto tão particular, não mediu esforços para ser o melhor pai do mundo.

O resto fica para depois. Porque agora quem se emocionou fui eu. Sabe como é. Às vezes, as vidas de uns e de outros têm, aqui e acolá, alguma semelhança. E aí as lágrimas brotam pelos olhos vindas de uma alma que consegue entender muito bem o assunto em pauta.

Um novo capítulo, por favor!

CAPÍTULO 25
A CIGANA LÊ
O MEU DESTINO

Estava tudo aparentemente esclarecido. Hércules, distraído na aparência, olhava para o céu sem nada dizer. Tirésias enfim se calara. Seu relato chegara ao fim. E ele considerava sua tarefa cumprida. Honrara a incumbência delegada por Anfitrião. A origem de Hércules estava mais do que esclarecida. Bem como daquela sua força, que tantos problemas já lhe causara.

Mas restavam-lhe ainda tantas dúvidas. Qual seria o seu destino? O que aconteceria com ele dali para a frente? O que o futuro lhe reservava? Essas perguntas parecem meio semelhantes. Mas há nuances.

Eram tantas as perguntas que ele queria fazer a Tirésias. Ele era o único por ali capaz de trazer informações consistentes sobre o que esperar na vida. Era o adivinho oficial dos mitos.

Mas Hércules preferiu deixar pra lá. Muitas vezes quem pergunta o que quer acaba ouvindo a resposta que não quer. Hércules tinha medo do que Tirésias poderia revelar sobre seu futuro.

Então ele se levantou, daquele jeito só dele, que nunca termina de ficar de pé, despediu-se de Tirésias, agradeceu o adivinho pelo empenho em elucidar todos os detalhes daquele tempestuoso começo de vida e tomou o caminho de casa.

Lembremos, leitoras e leitores, que, apesar de ter perdido o pai, Hércules derrotara sozinho o temido exército de Ergino, que tantos danos impusera à população tebana.

E aqui vamos deixar escoar um bom naco de tempo na nossa narrativa. Algumas semanas, meses ou, quem sabe, anos....

Não sei ao certo.

* * *

Antes de passar a régua, me deu vontade de propor um pouco de filosofia.

Essas dúvidas que perturbavam a alma de Hércules, que atazanavam e amargavam aquele momento da sua vida, me fizeram lembrar de uma frase de Pascal, muito citada de seus *Pensamentos*.

Antes da frase, porém, registro minha alegria em usar o verbo "atazanar". Era um dos preferidos de minha mãe, dona Nilza, quando se referia às minhas molecagens.

Agora, a frase de Pascal. Vou colocar entre aspas. Mas aviso que recorrerei tão somente à memória. Portanto, se não for precisamente esse o texto, peço desculpas a você, a Pascal, ao editor Marcial, ao colaborador Joel e a quem mais tenha se sentido ofendido.

"Nunca vivemos, mas (apenas) esperamos viver; e dispondo-nos sempre a ser felizes, é inevitável que não o sejamos nunca."

Não creio ter cometido nenhuma heresia significativa. Só o "apenas" entre parênteses é que ficou por minha conta.

Buscamos a felicidade o tempo todo. Trata-se do horizonte da nossa existência. De modo que todas as nossas escolhas determinam os contornos desse ideal ao qual aspiramos tão avidamente.

Mas Pascal nos adverte. Cuidado, meu amigo! Não me parece, ele diria só para amigos, que essa busca obsessiva da felicidade seja, ela mesma, compatível com estar feliz ou com um instante de vida boa.

De fato, essa preocupação atormentada em ser feliz não combina muito, como toda tormenta, com felicidade. De fato, também, enquanto estivermos em procura, é normal que não disponhamos do que estamos a procurar.

Quando todos os nossos esforços são investidos na busca de uma felicidade que ainda não existe em nossa vida, não há de fato como esperá-la para agora, para o tempo em que a vida se encontra. Porque nesse tempo o que há são dúvidas, ansiedades, angústias e dores.

A felicidade, quando muito, fica procrastinada, remetida a algum outro tempo. Tempo esse em que talvez não haja tanta dúvida, tanta ansiedade, e mais gozo com o que é, com o que se é, com o que há para viver.

Por isso, Pascal sugere que em vez de vivermos no gozo imediato do tempo e do espaço que ocupamos, apenas "esperamos viver", cogitando sobre tempos que só existem na própria cogitação. Porque, como ensinou Agostinho, no clássico livro XI de suas *Confissões*, tanto o passado quanto o futuro "só podem existir enquanto presente".

Por isso mesmo, Hércules, naquele presente, imerso em amargas reflexões, atormentado, se pergunta sobre um futuro que só existe mesmo enquanto um presente do espírito inquieto com o dia de amanhã.

Já chega de tanta filosofia. Isto aqui é um livro de histórias. Portanto, deixemos as lindas sugestões de Agostinho sobre os tempos da alma e os tempos do mundo de lado. E, para que fique claro, trocamos também de capítulo.

SUPERANDO DESAFIOS E TRANSFORMANDO A DOR EM FORÇA

Introdução

Em nossa contínua análise da jornada de Hércules, exploramos como cada desafio e revelação moldam sua trajetória. Esta seção se concentrará em entender como a resiliência e a transformação pessoal emergem das dificuldades enfrentadas por Hércules, oferecendo lições valiosas para nossa própria vida.

1. Resiliência diante das adversidades

A história de Hércules é repleta de desafios impostos pelos deuses, particularmente por Hera. Sua capacidade de persistir, apesar das adversidades, é um poderoso exemplo de resiliência. Em nossas vidas, enfrentamos nossas próprias "Heras", sejam elas situações desafiadoras ou pessoas difíceis. A resiliência, assim como demonstrada por Hércules, é essencial para superar esses obstáculos.

2. Aprendendo com os erros

Hércules, ao longo de sua jornada, comete erros e enfrenta as consequências. Suas experiências nos ensinam a importância de aprender com nossos erros e usá-los como degraus para o crescimento pessoal. O verdadeiro fracasso não está em errar, mas em não tirar lições valiosas dessas experiências.

3. O valor da inteligência emocional

A saga de Hércules é não apenas uma série de conquistas físicas, mas também uma jornada de desenvolvimento emocional. Ele aprende a gerir suas emoções, particularmente sua raiva, o que é fundamental para alcançar seus objetivos. Da mesma forma, em nossas vidas, a inteligência emocional é crucial para manter relacionamentos saudáveis e tomar decisões equilibradas.

4. Descobrindo a própria identidade

A busca de Hércules por sua verdadeira identidade é um tema central de sua história. Essa jornada simboliza nossa própria busca por autoconhecimento e propósito. Compreender quem somos, nossas forças, fraquezas e o que realmente valorizamos é o alicerce para uma vida autêntica e satisfatória.

5. Transformando a dor em força

Cada desafio que Hércules enfrenta o torna mais forte, tanto física quanto mentalmente. Isso ilustra como podemos transformar nossa dor e adversidade em força e sabedoria. A capacidade de transformar experiências negativas em aprendizado positivo é uma habilidade inestimável para a vida.

Conclusão: crescimento contínuo e desenvolvimento pessoal

A história de Hércules, com suas numerosas batalhas e desafios, é um lembrete de que o crescimento pessoal é um processo contínuo. Cada experiência, seja ela boa ou ruim, contribui para o nosso desenvolvimento. Assim como Hércules, temos o poder de moldar nosso destino e transformar nossas experiências de vida em trampolins para o sucesso e a realização pessoal.

CAPÍTULO 26
ESPELHOS D'ÁGUA

A história avança. E naquele dia de um santo qualquer ainda por nascer, vamos encontrar Tebas toda iluminada pelo sol. Sol matutino e fresco, bem da aurora. Um calor escaldante não tardaria a se impor ao longo da manhã. E naquela segunda-feira os tebanos iam para todos os lados, no vuco-vuco de uma cidade grande, cheia de gente com afazeres.

Nessa manhã, um homem atravessou a cidade em passos firmes. Como todas as manhãs, ele se dirige à Ágora de Tebas.

Lembremos que Ágora é um espaço de discussão de temas da cidade, de tomada de decisões políticas. A Ágora de Atenas era muito conhecida. Mas Tebas também tinha a sua.

Observem, leitores e leitoras, o que dissemos. O cidadão acudia, todas as manhãs, à Ágora para debater temas políticos. Entendam a importância da cidadania, da vida política, no cotidiano de um cidadão naquele tempo. As questões propriamente políticas, isto é, que dizem respeito a toda a pólis, ocupavam um tempo equivalente ou maior do que as questões privadas.

Tratava-se de Hércules, você terá adivinhado. Ele acudira à Ágora para ouvir, falar, expressar seu ponto de vista, manifestar o que considera mais relevante para a cidade e discordar quando fosse o caso.

Sim, era um homem que tinha amadurecido. Já não era mais criança, nem adolescente. Ele tinha se tornado um adulto e um bom cidadão.

Tão logo regressara a Tebas, depois de seu combate vitorioso contra o exército de Ergino, Hércules fora recebido por seu tio Creonte. E desta feita, de modo glorioso. Hércules finalmente recebeu todas as honras que lhe eram devidas. O rei, agradecido, deu-lhe um tratamento de herói.

Mas, a essa altura do campeonato, tudo o que Hércules queria era viver como um chefe de família, uma vida comum, em que o heroísmo já não cabia.

* * *

No entanto, a despeito do amadurecimento, do foco para evitar recaídas e do pensamento positivo, a tal vida tranquila, aparentemente tão mais na mão do que uma de herói, não era tão fácil de ser vivida. Remanesciam muitos impedimentos perturbadores.

Um deles era Íficles. Podemos dizer que havia muita coisa mal resolvida na relação com Hércules. Não era nada fácil passar uma borracha em tudo o que tinha acontecido. Íficles adorava Anfitrião. E vinculava a sua morte às decisões e imprudências de seu irmão. Íficles estava longe de perdoá-lo pela iniciativa que acabou com a vida do pai.

E nem todo azedume se restringe ao episódio da guerra. Sempre houve um imenso ressentimento e ciúme que separava os dois. Da força, da beleza, da autoridade, da glória, do amor da mãe. Paixões que sempre dificultaram a aproximação entre ambos.

Apesar de tudo isso, Hércules queria muito amar e ser amado pelo irmão. Considerava esse amor um ingrediente indispensável para a vida familiar feliz que pretendia viver.

No ponto em que nos encontramos da história de Hércules, Íficles já era pai de Iolau. Fruto do amor e do matrimônio com Automedusa. Era uma criança adorável. Inteligente, meiga, afável, simpática.

E não deu outra. Iolau caiu nas graças de Hércules e vice-versa. O sobrinho adorava o tio, e o tio adorava ainda mais o sobrinho. Os dois estavam sempre juntos. Era uma cumplicidade só. Tudo que nunca fluiu com o irmão, com Iolau era afinidade pura.

* * *

Hércules fazia de tudo para falsear a profecia do adivinho Tirésias. Nosso herói não queria ser herói. Não queria aquele destino para si, de jeito nenhum. Muito menos abrir mão de sua nova vida, tranquila, de um homem normal. Tinha certeza de ser esse o caminho mais curto para uma vida boa.

Essa convicção ganhou ainda mais corpo e consistência por ter se apaixonado perdidamente por Mégara. Sim, Mégara.

E a leitora, sempre mais atenta e curiosa, pergunta logo: — Quem é essa tal de Mégara?

Pois bem. Ninguém mais, ninguém menos do que a filha querida, a princesa, a queridinha do papai Creonte, o rei de Tebas.

Mégara era também prima de Hércules. Mas, nessa época, isso não parecia ser problema.

Era um tipo mediterrâneo. Cabelos bem pretos, lisos e longos. Olhos negros, grandes e vivos. Tais como espelhos d'água. Autênticos portais da alma da moça, cheia de ternura e vontade de viver. Mégara tinha corpo de menina jovem, saudável e bem-cuidada.

Ela também estava muito apaixonada por Hércules.

Quando Creonte lhe ofereceu em casamento a sua filha Mégara, ele prontamente aceitou. E, de joelhos, jurou com o coração cheio de júbilo, com convicção genuína, de que faria de tudo, o possível e o impossível, para fazer de Mégara a mulher mais feliz do mundo.

Os dois se amaram profundamente. Tiveram dois filhos. Dois priminhos para Iolau, o sobrinho querido.

Tudo parecia no lugar. Tudo estava redondo. Não havia erro. Uma vida em família, uma vida feliz. Com direito a rotina bem-organizada, guerra de travesseiros no sábado à noite, banho de chuva quando raramente chovia e churrasco para os amigos no domingo.

Bem, querida leitora, nobre leitor. Suponho que estejam adivinhando, pelo número de páginas que ainda restam, que não vai rolar nada do tipo "foram felizes para sempre". Até porque não foi nada disso que aconteceu.

E aqui eu me calo. Qualquer palavra a mais e estarei "espoilando". Questão de aguardar o que vem pela frente. E vou avisando. Vem chumbo grosso. Desses que nem passam pela sua cabeça.

Fim de capítulo.

Capítulo 27
DIAS PIORES VIRÃO

Como vínhamos dizendo, o nosso herói começava a acreditar agora na possibilidade de uma vida pacata e feliz. E, portanto, de fugir de seu destino profetizado por Tirésias.

Observem, queridos leitora e leitor, que foram necessários 26 capítulos de tumulto para vislumbrar um pouco de paz.

Muito cá entre nós, não acho esse cenário tão ruim. Hércules deve ser agora um jovem adulto com vinte e poucos anos. Se daqui para a frente houver sossego, até que valeu a pena.

Digo isso porque estou a três soluços dos sessenta. E, em tempos de faculdade, fiquei marcado, junto aos colegas mais deslumbrados, pela reiterada afirmação de que dias piores viriam. Tive razão ao longo do curso. Fato admitido inclusive por eles. Tive razão depois do curso. Tive razão até hoje. Nunca tive tanta razão. Talvez essa tenha sido a única afirmação acertada de toda a vida.

Porque dias piores sempre vieram. E continuarão vindo. E quando me dizem para não exagerar porque ainda estou vivo, respondo que essa é a prova definitiva de que continuo tendo razão. Afinal, se a vida tivesse chegado ao seu fim, aí sim, eu teria perdido a razão. Só há sofrimento em vida. Na morte, não há nada. Nem mesmo dias piores.

Deixemos aos motivadores a tarefa de reanimar a respeitável leitora e o nobre leitor. Jovens influenciadores que enriqueceram rápido poderão convencê-los do contrário. De que vale a pena insistir. De que existe um sentido para tudo. De que se trabalhar duro, alcançará a tão sonhada independência financeira.

E você, que já está nessa barca da vida faz tempo, sem saber muito bem por que, preferirá concordar com ele. Afinal, é melhor viver com alguma esperança do que simplesmente aguardar pelo fim.

E eu ficarei feliz por você.

* * *

Mas, voltemos a Hércules. Este livro é sobre ele. Sobre a sua história. E não sobre as minhas diferenças com o próprio nascimento.

Dizíamos que ele acreditava agora na possibilidade de levar uma vida tranquila, cheia de alegrias comezinhas, impregnadas de um cotidiano de segurança e repetição.

Hércules é um esperançoso. Afetado amiúde pelo afeto de esperança. Costuma ganhar potência com cenários imaginados, mas ainda distantes do mundo em que lhe toca viver. Verdade que nos últimos tempos as coisas parecem ter se acalmado em seu mundinho circundante. O que lhe oferecia grande apoio aos delírios de uma alma imperturbada para sempre.

Essa sua crença não coincide, com sabemos, com a profecia de Tirésias. Você há de se lembrar. Tirésias, antes de relatar a história do seu nascimento, disse a Hércules que ele teria muitas aventuras.

Seu destino seria dar cabo de todos os monstrinhos que atentavam contra a justiça. Naquele tempo, justiça queria dizer adequação à ordem cósmica, a ordem universal estabelecida por Zeus, seu pai, imediatamente após a vitória sobre os Titãs na grande guerra dos deuses.

* * *

Enquanto Hércules se convencia a respeito de sua nova vida, do outro lado da imaginação, em pleno Monte Olimpo, Hera, a esposa de Zeus, corroída de raiva e ciúme, pensava no que fazer para azedar aquela vidinha pacata e tranquila do filho bastardo de seu marido.

Afinal, Hércules era fruto de um adultério. E Hera não engolira até então o chifre que tomara. Desse modo, essa felicidade tranquila de Hércules a irritava profundamente.

* * *

Dias piores virão. Não para vocês, leitores queridos, que merecem da nossa parte os mais doces augúrios. Mas para Hércules, podem apostar. Para ele, a porca vai torcer o rabo. A cobra vai fumar. E não poderiam, nem a suína nem a réptil, fazê-lo por conta própria, concordem. Nem mesmo a vaca iria para o brejo, se estivesse em seu juízo perfeito.

Para os que quiserem ver cobra fumando e porcas torcendo o rabo, recomendamos confiar no que segue. Para isso, reservamos capítulos e mais capítulos. Afinal, você comprou o livro. O editor Marcial ficou feliz com sua iniciativa. Mas para justificar o gasto, só mesmo muita tinta sobre papel bonito.

CAPÍTULO 28
VOADORAS E MALCHEIROSAS

Sem abrir mão de sua vidinha pacata, Hércules não abriria mão de reconquistar o trono de Micenas. Sim, Hércules havia jurado ao pai que destronaria Euristeu.

* * *

Hera, sempre de olho nas intenções de Hércules, não poderia permitir que aquele filho bastardo, fruto de um amor adulterino que tanto lhe magoara, continuasse vivendo vida tranquila e ainda conspirasse contra Euristeu, seu protegido.

Para azedar-lhe a existência, Hera provocava o marido:

— Hércules um herói? Você deve estar zoando! Um homem frouxo; que tem medo da sua sombra; que não domina a sua força; cuja ambição não vai além de ser um pai de família pacato. E você, Zeus, meu marido, você também não faz nada! Assiste calado a um filho seu chafurdar na mediocridade. Viver como viveria qualquer simples filho de mortal. É desse jeito que você pretende fazer dele um herói?

Hera não parava fustigar o grande Zeus em seu imenso orgulho. E eis que ele acabou por morder a isca. Convenceu-se de que faltavam a Hércules provações e desafios. Façanhas que estivessem à altura de um filho seu. Desafios dignos da sua paternidade.

Com esse intuito definido, Zeus decide encaminhar Hércules para um *tête-à-tête* com Euristeu. O priminho que nascera minutos antes e, por isso, usurpara o trono de Micenas.

Este seria instruído a lhe propor doze trabalhos. Desafios gigantescos de extraordinária dificuldade. E, em caso de sucesso, Hércules poderia destroná-lo. A probabilidade de Hércules realizar as doze façanhas era muito próxima de zero. Mas, se conseguisse, Zeus teria, finalmente, um filho à altura da sua paternidade.

Pronto. Mais uma vez, Hera tinha conseguido o que queria.

* * *

Zeus mandou Hermes, também seu filho e também bastardo, responsável pelos recados, pelas mensagens, o correio do Olimpo, avisar Euristeu.

Aliás, a história de Hermes também é muito interessante. Talvez pudesse merecer a nossa atenção. Isso, claro, se esta aqui, de Hércules, se tornar o *best-seller* que esperamos. Todo o nosso esforço é pela alegria do nosso editor Marcial.

Voltando.

Imaginem, querida leitora e já cansado leitor. Hermes, que tinha sandálias aladas e chegava aos destinos com velocidade de digital, tocando a campainha do Palácio de Euristeu.

O mensageiro do Olimpo é anunciado. Euristeu, surpreso, pede para que entre. Oferece ao visitante uma ginjinha gelada, presente do rei de Óbidos.

Hermes declina. Está em dieta rigorosa. Ganhara peso desde que se instalara no Olimpo. É louco pela ambrosia do lugar e não consegue parar de se servir. Em breve as sandálias não conseguirão mais levantar voo. Precisava manter a silhueta de toureiro espanhol, que sempre fora a sua.

Euristeu, então, pergunta, dissimulando mal a ansiedade, a que devia tão prestigiosa visita desse mensageiro de Zeus.

Hermes, então, explica que sua visita é apenas para anunciar uma outra. A de Hércules. E para os próximos dias.

Euristeu amarga a boca no mesmo instante. O rei, de uns tempos para cá, tem tido uns probleminhas de gordura no fígado. Qualquer dissabor logo lhe traz aquele gosto de corrimão de estádio na boca.

— Mas qual é a razão dessa visita? — pergunta Euristeu, contraído em temor.

— É da vontade de Zeus que você solicite a Hércules a realização de doze trabalhos. São doze façanhas. Dessas bastante difíceis de serem realizadas. Ante uma eventual indignação do candidato a herói, diga apenas que foi Zeus quem mandou. E que, portanto, ele deve obedecer.

Euristeu tranquilizou-se um pouco. Se Zeus está oferecendo garantias, a coisa muda um pouco de figura. Não haveria risco. Que Hércules vá se entender com o maior de todos. Ele não tinha nada com aquilo.

* * *

Hermes despediu-se de Euristeu.

Calçou as sandálias aladas que havia deixado do lado de fora do palácio, ao pé do portal. Hermes, além da presteza e da velocidade, era conhecido em todo o Olimpo pelo mau cheiro nos pés.

Antes de partir, ocorreu-lhe explicitar uma última advertência. Julgava meio óbvia, mas não vira nos olhos de Euristeu a luz de uma inteligência destacada.

— Na remotíssima hipótese de Hércules, meu irmão, conseguir realizar os doze trabalhos, ele ocupará o seu trono.

O amargo na boca do rei voltou com tudo. Incrível como o seu fígado era o indicador fiel de todas as suas emoções. Incrível como eu entendo perfeitamente os sintomas de Euristeu.

E num outro dia de muito sol, um desses 365 dias ao ano de muito sol em Tebas, Hércules resolveu visitar o primo.

Mas isso já é tema para o próximo capítulo.

Até já.

CAPÍTULO 29
BOSTA DE CASTOR MANCO

Euristeu, em seu palácio em Micenas, esperava dia e noite pela chegada de seu temido primo.

Numa tarde ainda encalorada de outono micênico, o rei fazia sua siesta de uma salada de rabanete, azeitonas pretas, queijo de cabra e patê rosáceo e areado de ovas de peixe, seguida de uma berinjela ao forno gratinada ao queijo da região e molho de tomate, especialidade do palácio.

* * *

O cochilo foi subitamente interrompido. Um ruído ritmado e abafado acompanhava o tremor das estruturas do chão do palácio. O rei deduziu que seu primo finalmente dera o ar da graça.

Euristeu desceu as escadas e encontrou, já adentrados e instalados, seus visitantes. O próprio Hércules, seu irmão gêmeo, Íficles, e seu sobrinho, Iolau.

Após alguns segundos de hesitação coletiva, Hércules deu início à conversa. E não escolheu entre os dez modos mais cordiais de quebrar o gelo.

— Então você me convidou para vir até aqui e fica aí, parado como uma estátua, sem dizer nada? Diga logo o que quer de mim, que não tenho o dia todo.

Sua voz era encorpada, cheia, sem fissuras, confiante e potente. Desse modo, invadiu todas as salas do palácio.

O primo respondeu como pôde. Suas palavras saíram abafadas, hesitantes, intercaladas com interjeições de moderação e temor.

Foi logo dizendo que fora Zeus a solicitar aquele convite. E que o mesmo Zeus esperava que Hércules o obedecesse. Que ele mesmo, o soberano do Olimpo, o encarregara daqueles doze trabalhos que ele, Euristeu, apenas indicaria.

Não esqueceu de informar, como que para aplacar uma indignação presumida, que, uma vez realizados esses doze trabalhos, ele, Hércules, teria o que sempre quis, isto é, o trono.

Hércules olha para o primo incrédulo e depois ri com gosto. Vou recorrer agora ao discurso direto para dar a devida ênfase ao seu discurso de indignação.

— Você acha que eu vou me curvar diante de você, seu energúmeno, palhaço, cara de pau, rolha entalada, bosta de castor manco? Você acha que você vai me dar ordens? Indicar-me trabalhos? E eu, Hércules, vou realizá-los só porque você mandou? Vamos, responda, patife! Saiba que eu não preciso realizar trabalho nenhum pra me tornar rei de Micenas. Basta dar dois gritos e você sairá correndo, todo borrado, sua lesma. Eu sou filho de Anfitrião. Este palácio é o meu lugar.

Você, charmosa leitora, correto leitor, deve imaginar que as palavras de Hércules soaram para Euristeu como uma gravíssima ameaça.

Hércules deixara claro que não precisava de provação nenhuma para destruí-lo.

E partiu, com seus dois aparentados, sem dizer adeus.

Neste capítulo, contamos como se passou o primeiro encontro entre Hércules e Euristeu. Chamamos a sua atenção, leitora e leitor, para a curiosa postura de Zeus, pai de Hércules, de submeter o próprio filho às ordens de um homem fraco, ridículo e usurpador.

Como se solucionará o impasse armado pela reação de Hércules ante os planos de Zeus apresentados por Euristeu?

Para saber o desenlace de tudo isso, nada como um capítulo novinho em folha. Não vá me abandonar agora. Afinal, é pelos doze trabalhos que enrolamos até aqui.

Capítulo 30
Vamos a Delfos!

E os três pegaram o caminho de volta. Iam de uma cidade a outra a pé. Se caminhar, como defendem muitos filósofos, estimula o pensamento, esse pessoal de antigamente tinha bastante tempo para aprender a pensar bem.

Voltaram em silêncio.

No meio do caminho, Íficles, o irmão, finalmente falou:

— Ô, Hércules. Eu sempre achei que você não bate bem da cachola. E, a cada dia que passa, tenho mais motivos para não mudar de ideia. Você não ouviu o que disse Euristeu?

— A que você se refere exatamente, você que é sempre tão centrado e ajuizado?

— Refiro-me ao fato de que foi Zeus que mandou Euristeu dizer o que disse.

Claro que Hércules estava ligado na parada. Pensava na sinuca em que, mais uma vez, se metera.

Se, por um lado, não se desobedece a Zeus, sendo ele o próprio pai biológico ou não, por outro, ninguém, com um pouco de vergonha na cara, se submete a um idiota como Euristeu, sobretudo podendo fazê-lo sair correndo com um grito.

* * *

Hércules permanecia amuado. Encalacrado tragicamente entre duas soluções existenciais horríveis. Foi quando o sobrinho Iolau, que ele adorava e cuja ponderação admirava muito, resolveu dar uma sugestão.

— Tio! Por que você não consulta os deuses?

— Como assim?

— Por que não aproveitamos a viagem e vamos a Delfos? E lá consultamos algum oráculo? Vamos lá, tio! Não custa nada. A gente dá uma desviada aqui no caminho de Tebas e dá uma passadinha por Delfos. Rapidinho saberemos o que os deuses estão achando dessa história. Talvez eles deem uma luz a respeito desse dilema.

Os dois irmãos, mais velhos, ficaram muito orgulhosos do garoto. Como não pensaram nisso antes? A ideia era ótima. Rumaram, então, para Delfos, sem mais discussões.

Os oráculos eram mediadores entre os humanos e os deuses. Atendiam quem os procurasse no templo de Apolo, ali no Monte Parnasso.

Quando a mulher, oráculo de plantão, viu o filho de Zeus, acompanhado do irmão e do sobrinho, entrou imediatamente em transe. Não foi necessário explicar o problema. Ela já estava a par e começou a falar de modo peremptório.

— Vá obedecer às instruções de Euristeu — falou. — Essa é a minha ordem. Vá realizar os doze trabalhos. É o que eu estou mandando.

Não havia dúvida possível. O que Hércules devia fazer estava mais do que claro. Era essa a vontade de seu pai.

*   *   *

Mas isso não o impediu de voltar para casa injuriado. Como é que ele, Hércules, o mais forte dos humanos, de toda a humanidade, aceitaria as ordens de um banana como seu primo Euristeu? Era demais.

Apesar de tanta certeza a respeito do que ele teria que fazer, Hércules permaneceu em reclusão por dias e noites a fio, trancafiado e inconformado.

Se não aceita, desobedece a Zeus, e desobedecer a Zeus é arrumar confusão da grossa! Se aceita, submete-se a Euristeu. E essa é a mais ultrajante das humilhações. Por isso Hércules relutava tanto em acatar as ordens de Zeus.

Pois muito bem. Se Hera já tinha sido decisiva em colocar Hércules nesse embaraço, a deusa, esposa de Zeus, resolveu colocar um pouco mais de lenha na fogueira da alma de seu enteado desafeto.

Mas isso fica para a próxima. Este capítulo chega ao seu final em pleno impasse. No próximo, quem sabe, o nó se desata.

OS DESAFIOS E O DESPERTAR DE UM HERÓI

Reflexões iniciais

À medida que a narrativa se desenrola, vemos Hércules confrontado com o desafio de cumprir doze tarefas aparentemente insuperáveis. Esta seção analisa como esses desafios catalisam o crescimento pessoal de Hércules, destacando as lições cruciais para nossa própria jornada de vida.

1. Confrontando o destino

Inicialmente relutante, Hércules finalmente aceita os trabalhos propostos por Euristeu. Esse momento de aceitação simboliza um ponto de virada crucial: a compreensão de que, às vezes, temos que enfrentar nosso destino, por mais intimidador que pareça. Em nossas vidas, isso se traduz em abraçar os desafios, em vez de evitá-los.

2. Crescimento por meio da adversidade

Cada trabalho apresenta a Hércules obstáculos únicos e exigentes, forçando-o a ultrapassar seus limites físicos e mentais. Da mesma forma, enfrentamos em nossas vidas dificuldades que nos empurram para além de nossas zonas de conforto, promovendo crescimento e fortalecimento.

3. A importância da persistência

Hércules demonstra uma persistência inabalável ao enfrentar cada trabalho. Essa qualidade é essencial para superar as dificuldades da vida. A persistência nos mantém focados nos nossos objetivos, mesmo quando o caminho se torna difícil e incerto.

4. Autoconhecimento e humildade

Os trabalhos forçam Hércules a reconhecer tanto suas forças quanto suas limitações. Esse autoconhecimento é fundamental para qualquer tipo de sucesso na vida. Reconhecer nossas fraquezas é tão importante quanto conhecer nossas forças, pois nos ajuda a manter a humildade e a buscar ajuda quando necessário.

5. A jornada é o destino

A jornada de Hércules através dos doze trabalhos é uma metáfora para a nossa própria jornada na vida. Muitas vezes, estamos tão focados no objetivo final que nos esquecemos de valorizar a jornada em si. Cada passo, cada desafio superado, é parte integral do nosso crescimento e desenvolvimento.

Conclusão: encontrando força na adversidade

Hércules, através de suas provações, emerge como um herói mais forte e mais sábio. Sua história nos ensina que podemos encontrar força na adversidade e que, muitas vezes, são os desafios mais difíceis que nos moldam e definem quem realmente somos. A história de Hércules é um lembrete de que, mesmo diante de imensas dificuldades, a perseverança, o autoconhecimento e a resiliência podem nos levar a alcançar grandes feitos.

CAPÍTULO 31
MALUCO NADA BELEZA

Hera, sedenta de vingança, teve uma ideia macabra. Mais uma, aliás.

Convocou Íris e Lissa, suas fiéis escudeiras, servas, que designava amiúde para as tarefas mais sórdidas, mais sujas.

Poucas horas depois, estavam as duas a caminho de Tebas. A noite foi chegando, atmosfera pesada, anunciando tempestade, antecipando a tormenta. Alguns pingos mais afoitos foram molhando pedacinhos redondinhos de chão. Escurecendo a terra seca feito catapora. Enquanto isso, o sol ainda resistia às últimas nuvens.

* * *

Hércules estava sentado num canto do quarto quieto, pensativo, sempre ombreado pela esposa amada. De repente, um dos mais velhos dos meninos grita:

— Pai, vem ver; corre, pai, vem ver! Vem ver o arco-íris!

Ouvindo a voz e encantado com a ingenuidade do menino, Hércules se levanta para contemplar também aquela beleza.

Ele se aproxima da janela. Mas aí um vulto, desses de canto de olho, acompanhado de uma rajada de vento frio, o faz estremecer. Ele fecha a janela, deixa o filho e volta a se sentar ao lado da esposa.

Sem se deixarem ver, enquanto os dois se divertiam com o arco-íris, Íris e Lissa entraram na casa e se aproximaram de Hércules.

Do nada, Hércules se levanta bruscamente. Seu rosto se transtorna. Os filhos, perplexos, olham o pai sem nada entender.

A princípio, nem Mégara nem os filhos podiam vê-las. Só Hércules as via. Por isso suas reações eram inexplicáveis.

Mégara pergunta a Hércules o que está acontecendo.

Mais o herói não a ouve. Nem dá bola. Seus olhos se ruborescem como o fogo. Todas as suas veias parecem prestes a explodir. Grita frases incoerentes, blasfema com Euristeu, afirma ter força para esganar todos.

Mégara e os filhos continuam sem entender.

O comportamento de Hércules é delirante. Sobe na cadeira, gesticula como se segurasse uma lança.

Mégara, espantada e apavorada, toca a sua mão e diz com candura:

— Meu amado, onde você está? O que está acontecendo? Euristeu não está aqui. Sou eu, Mégara, sua mulher.

Hércules a empurra violentamente. Ela grita e cai contra a parede. Levanta-se, em seguida, e corre para proteger os filhos. As crianças gritam, suplicando ao pai. Ele se mune de muitas flechas e as dispara, ferindo de morte o filho menor, de longe o seu preferido.

Mégara grita com todas as suas forças. Mas os gritos só aumentam o ódio do marido.

Ninguém as vê. Mas Íris e Lissa estão lá, sobre o seu ombro. Tomaram conta do seu juízo. Capturaram a sua consciência. Dominaram completamente a sua mente. E a controlaram como quiseram.

* * *

Do outro lado, no Olimpo, Hera, a deusa vingativa, regozija em júbilo seu triunfo contra Hércules.

O que acontecerá com o nosso herói quando Íris e Lissa voltarem para o Olimpo? Quando ele recobrar o juízo e perceber que machucou gravemente a mulher e matou o filho menor quando estava fora de si?

Fim de capítulo.

Estou devastado. Este episódio me sensibiliza muito. Você tem noção do que pode significar uma perda de juízo dessa monta e com essas consequências?

Capítulo 32
NASCIDO PARA O HEROÍSMO

No capítulo anterior, Íris e Lissa, enviadas pela deusa Hera, tinham tomado conta da mente de Hércules e feito dele gato e sapato. O nosso herói, atravessado pela loucura, acabara ferindo de morte o seu filho mais novo, de longe o seu predileto. E Hera exultava, ante as gravíssimas consequências provocadas pela sua iniciativa.

Mas as desgraças desse episódio de loucura não tinham acabado.

* * *

No auge do desvario, Hércules lança mão de uma marreta e golpeia em fúria a mulher amada e o outro filho. Seus corpos tombam sem vida. O sangue vai, devagar, tomando conta da cena.

Hércules, sem ter a menor noção do que estava a dar causa, dissolvia-se em ódio, buscando outras vítimas para abater.

Esse cenário de devastação familiar, planejado e comandado por Hera, e magnificamente executado pelas suas auxiliares, só teve fim com a chegada de Atena, a deusa da sabedoria e filha de Zeus.

Ela joga uma pedra contra o peito de Hércules, interrompendo assim aquela carnificina. Tomado pela dor, o herói desmaia, e seu sangue se mistura ao da mulher e dos filhos.

* * *

A família feliz jazia inerte, devastada pela loucura de seu chefe. E aquele pai que tudo fizera para uma vida tranquila, em paz e sem perturbações acabara de decretar a morte de todos os seus.

No relance de um bocejo, a noite dera lugar ao sol, a luz era agora a luz do dia. Hércules vai despertando aos poucos. Ao abrir os olhos, é Iolau quem ele primeiro vislumbra, calibrando devagar o foco de uma visão ainda turva e desencontrada.

O sobrinho, sentado ao seu lado, com cara de choro antigo, lívido, arrasado, não conseguia balbuciar nenhuma palavra.

Hércules, vendo o sobrinho naquele estado, pergunta intrigado:

— O que você tem? Por que tantas lágrimas? Por que essa cara de terror, de assombro, de medo? Por que esse silêncio? Você pode me explicar o que aconteceu? O que estou fazendo aqui no chão? Onde está todo mundo?

Hércules, como leitoras e leitores podem perceber, não tinha a menor noção do que se passara em sua casa naquela fatídica noite. Fora enlouquecido por Hera e não guardava disso nenhum registro, nenhuma lembrança.

Iolau, que amava o tio, não encontrava forças para relatos. Como dizer ao tio o que tinha acontecido? Como converter em palavras o que ele tinha feito e causado? Como anunciar tanta desgraça de uma vez só?

Nesse preciso instante de agonia, surge Íficles, que faz o que seu filho não estava conseguindo fazer. O irmão conta, com riqueza de detalhes escabrosos, tudo o que ocorrera ali na noite anterior.

* * *

Quando Hércules tomou ciência do que acontecera, foi acometido de um sofrimento maior do que ele. Um sofrimento que o destruiria. Que rasgava a alma.

Como se as cordas da tristeza fossem vibrando uma a uma numa harpa infinita. A cada palavra do irmão, uma imagem de terror correspondia. E uma nova nota de devastação soava sem que as cordas anteriores parassem de vibrar.

Seu corpo se contorcia. Todas as suas células sucumbiam asfixiadas. Sua boca concentrava todo o amargor do mundo. Seus músculos retesados pareciam fibras de aço prestes a se romper. Seus olhos esbugalhados percorriam o lugar da tragédia. Suas mãos seguravam um rosto em vias de desfiguração.

E não há aqui nenhum exagero retórico.

De fato, concordem, queridos leitores, como Hércules poderia aceitar que ele mesmo matara, com extrema violência, quem mais amava? Como poderia aceitar que ele mesmo destruíra sua família e sua felicidade?

* * *

Hércules procurava na memória algum registro, algum relance, algum fiapo de lembrança. Debalde. Não havia meio. Ele não se lembrava de nada. Ele não viria a se lembrar de nada. Ele não poderia se lembrar de nada.

Tentando compreender o que se passara, ante todo o ocorrido não sobrava, por enquanto, nenhuma conclusão. Os leitores concordarão que costumamos oferecer aos acontecimentos alguma explicação. Do tipo: isso tudo só pode querer dizer isso ou aquilo. Mas, por enquanto, Hércules não conseguia propor nada que costurasse algum sentido.

Por outro lado, a dor por ele experimentada, violenta e feroz, essa só aumentava. Um sofrimento que não poderia se aplacado, diminuído, amortizado por nada nem por ninguém. Com efeito. Ninguém poderia ajudá-lo, não havia palavra de consolo; a devastação e a aniquilação da alma, o sofrimento do corpo, eram absolutos.

Aos poucos, uma ou outra ideia pediu licença para ocupar-lhe o espírito. Tamanha violência só poderia ser resultado de uma intervenção divina.

Ali havia claramente uma prova de sua insignificância e do poder de Zeus.

Hércules entendeu, por fim, que tudo que acontecera era uma resposta clara do Olimpo à sua revolta ante os trabalhos anunciados por Euristeu. Entendeu que os deuses não estavam de brincadeira. Que era inútil rebelar-se. Que sua vida estava decidida e seu destino, traçado. Que a profecia de Tirésias se confirmaria e que toda resistência de sua parte só lhe traria mais e mais desgraças.

Era o fim do projeto de uma vida pacata, apaziguada, tranquila e cheia de amor em família. Quem era ele para traçar o próprio destino? O seu papel no Universo não era nem de pai nem de marido. Era outro. A definir.

Após toda essa rica interpretação dos acontecimentos que protagonizou, Hércules decidiu partir para Micenas.

Iolau, único ser ainda vivo que ele realmente amava, ofereceu-se para acompanhá-lo. Mas Hércules recusou. Receava envolver esse último tesouro de afeto em sua catastrófica trajetória.

Ele iria só. Enfrentaria todo o seu destino na solidão. Castigo pequeno ante tudo de nefasto que causara.

Iolau obedeceu. E viu, com a tristeza aguda daqueles que amam muito, o tio se afastar. De resto, o sobrinho fora o único vivente a emprestar seu apoio. A cerrar fileiras. Para o que desse e viesse. Tinha certeza de que Hércules fora apenas uma vítima. Restou-lhe prometer que um dia a ele se juntaria.

E a nós resta concluir este capítulo com um alento. Para os gregos, cada ser tem um lugar natural. E o de Hércules não era dentro de casa, em vida familiar. A lição é clara. Muitas vezes é bastante duro para um humano encontrar e aceitar seu lugar. Mesmo sabendo que essa é a primeira condição para uma vida feliz.

Capítulo 33
LEÃO LUNÁTICO

Hércules partiu solitário. Lá foi ele em direção a Micenas, ter com Euristeu, seu primo desafeto. Nunca em sua vida teve tanta certeza de estar palmilhando o seu destino.

Ele caminhava incansável, de dia e de noite, sem pausa para descanso. Uma vez em Micenas, prostrou-se diante do soberano local, Euristeu, que já o esperava.

Sem levantar os olhos, lutava para relevar a profunda mágoa de se encontrar naquela posição. Sentia em todo o corpo sua altivez rebaixada e submissa, ante um homem que, a seu ver, não passava de um fanfarrão grotesco.

Euristeu apresentou a Hércules seu primeiro trabalho. Em cada detalhe, seguiu escrupulosamente as instruções de Hera.

— Em algum lugar, em meio às montanhas mais distantes, junto à Cidadela de Argos, vive um leão. O inconveniente é que ele devora os rebanhos dos meus pastores. Eu quero que você o mate. E traga a prova do seu feito: a pele do animal.

E Hércules prontamente respondeu:

— Se é só isso, assim o farei.

Na cabeça de Hércules, não havia nenhuma chance de fracasso. Ele mataria o leão, arrancaria a sua pele e traria para o tonto do Euristeu, tudo em dois tempos.

E sem delongas, toma o caminho de Argos.

— Um leão? — ele se perguntou. — Achei que fosse uma tarefa complicada, um desafio infinitamente mais difícil. Um único animal. Ainda que seja um leão! Tanta história para uma atividade juvenil como essa.

Assim ia caraminholando o nosso herói, cheio de autoconfiança.

O que Hércules não considerou, tampouco foi informado, é que aquele leão não era um leão qualquer. Tratava-se de um animal invocadíssimo. De proporções muito avantajadas e de um teor de ferocidade incomum. Isso já nos basta.

A história que se contava é que o tal bicho havia nascido na Lua. Um leão lunático, portanto. E que todos os animais nascidos por lá eram muito, mas muito maiores do que seus equivalentes terráqueos. A Lua, que também era divindade, teria sido intimidada por Hera e acabou mandando a seu pedido o mais feroz dos leões disponíveis. Ela o fez cair, por assim dizer.

Como a leitora e o leitor estarão pensando, a coisa ficou bem ruim para o nosso Hércules. Não temos a menor ideia de quantas vezes maior é o leão da Lua em relação aos daqui. Dez, quinze, vinte vezes?

O importante é que se tratava de um monstro em forma de leão. Seu tamanho era tal que quando se aproximava era impossível divisar seu contorno. E não era só. O animal tinha uma pele que não se deixava perfurar por nada conhecido.

Hera, vendo Hércules se aproximar de Argos, preparou-se para assistir de camarote à realização daquela tarefa. Muita ambrosia, deusas secundárias para fazer comentários e a certeza de que Hércules não passaria nem do primeiro *round*.

Hércules chegou para enfrentar o tal leão completamente desarmado. De mãos limpas. Ia se valer só dos punhos. Os mesmos punhos que tantas desgraças lhe haviam trazido. Não haveriam de decepcionar justo agora.

Contam os narradores que Zeus, vendo Hércules ir para a briga de mãos vazias, resolveu interceder a seu favor.

Assim, no meio do caminho, meio do nada, nosso herói encontrou umas armas bem legais. Quando viu aquele armamento todo dando sopa na beira da estrada, ainda deu uma boa olhada para ver se não era de alguém.

Tinha espada, arco e flecha e, sobretudo, uma proteção para o corpo em couro. Quando ele viu que não tinha dono, deduziu que não ia fazer mal nenhum pegar para ele. E assim o fez.

E lá no Olimpo, do outro lado da arquibancada, o pessoal mais próximo de Zeus, como Hermes, seu filho mais divertido, Apolo, Atena, comemoraram o fato de Hércules ter entendido que aquelas armas eram para ele.

Como podem ver, no *pay per view* dos deuses, havia os cupinchas de Hera, torcendo pelo leão da Lua, e os de Zeus, claro, com as bandeiras de Hércules tremulando.

Após mais um par de horas de dura caminhada pelas montanhas, Hércules acabou chegando perto de onde o leão costumava se instalar.

O embate ia finalmente começar. As torcidas se agitavam. Zeus, orgulhoso, confiava no filho e em sua força. Hera, ciumenta, sabia que não havia meio de o leão ser derrotado.

Por aqui ficamos. O desfecho da contenda nos entreterá no próximo capítulo.

Capítulo 34
O TAMANHO DA CORAGEM

Para os que deram uma paradinha mais longa na leitura, algumas palavras para lembrar.

E lá foi ele atrás do leão. Um leão gigantesco, que caiu da Lua. Muito maior do que nossos leões. Um leão invencível. Hera exultava.

No caminho, Hércules encontrou armas sem dono aparente. Pegou para si. Zeus e seus filhos Hermes e Atena ficaram felizes com essa decisão.

* * *

No caminho, Hércules encontrou gente do local. Pastores, vendedores de todo tipo, agricultores e desocupados. Tentou obter alguma informação sobre seu oponente. A reação era sempre a mesma. Todos, sem exceção, aconselhavam nosso herói a desistir.

Afirmavam que o combate seria desigual; que não havia como enfrentá-lo; que o leão o mataria sem nenhuma dificuldade. Que nem mesmo uma centena de homens preparados para a luta dariam conta de vencer aquele animal gigantesco e feroz.

Aconselharam Hércules a voltar. A fingir que não entendeu direito a tarefa. Ou alegar que chegou até aquele lugar, mas que não encontrou leão nenhum. Porque encará-lo seria, com certeza, uma roubada sem volta.

Cada vez que Hércules ouvia esse tipo de conselho, ele agradecia e simplesmente ignorava. O que ele esperava como resposta eram informações mais objetivas sobre seu adversário. Quanto às avaliações de chances de vitória, essas ele estava dispensando.

* * *

Bem, de tanto procurar, Hércules acabou por se deparar com a fera. Ao vê-lo, nosso herói se deixou impressionar. Tanto pelo tamanho — calculou quinze vezes maior do que esperava — quanto por sua extraordinária beleza.

Hércules então deu um assobio, para que o leão soubesse que ele estava ali. O gigantesco animal parou o que estava fazendo e virou-se com elegância. Foi quando se encararam pela primeira vez.

Interessante que os olhos do leão são mesmo pequenos em relação ao tamanho do resto do corpo. E aumentando as dimensões desse último, essa desproporção se acentuava.

Leões têm olhos pequenos e brilhantes.

Hércules os interpretou como arrogantes. Olhos de quem tem certeza de não poder ser vencido por ninguém. Olhos de grande crueldade. E assim eles ficaram se encarando, como fazem lutadores de MMA na noite de apresentação e pesagem.

Nesse instante, como acontece também com os tais lutadores, o leão decidiu aproximar-se de seu oponente. Para mostrar-lhe que não o temia. Para verificar se havia condições de briga boa. Ou se só se tratava de mais um que, em breve, sairia correndo. O leão queria mesmo saber o tamanho da coragem do seu rival.

Hércules sentiu aquele frio na barriga, de quem percebe que a coisa vai ser bem indigesta. Lentamente ele pegou seu arco e flecha e apontou para o leão, que não se mexeu e continuou a encará-lo no olho no olho.

Com olhar tranquilo, o leão não mostrava nenhum receio ante aquela manobra de Hércules.

A flecha acertou seu ombro, bateu, não perfurou sua pele e voltou. Essa blindagem surpreendeu nosso herói.

O leão avançava em sua direção e parecia na iminência de atacá-lo. Quando se aproximou de vez, rugiu abrindo a boca. Uma bocarra que engoliria um Fusca de um trago só. Hércules considerou que ele também seria engolido com facilidade. Que, tal como se configurava o embate, ele não teria nenhuma chance.

Mas, para surpresa do nosso herói, o leão o ignorou. Distraiu-se com outra coisa. Não estava faminto, com certeza. Não estava caçando. Tampouco procurando comida. Foi só uma tomada de pulso da situação. Para deixar claro ao oponente que poderia jantá-lo na hora que quisesse.

***

Hércules passou a primeira noite no bosque onde o leão morava. Manteve os olhos bem abertos, como é compreensível, e não dormiu um minuto sequer. Ele já tinha a dimensão da tarefa que lhe tocava realizar. Entendeu, por fim, que aquele animal era um monstro enviado por Hera para destruí-lo.

Ao se dar conta dessa manobra divina, entristeceu-se demais. Foi tomado por uma queda abrupta de potência, por um desencorajamento que o imobilizou. Não haveria como lutar. Aquela briga era absurda e injusta.

— Eu sou só um homem — repetia para si mesmo.

Mas, ao mesmo tempo que tentava se consolar, não parou um segundo de procurar a melhor estratégia para abater tão poderoso oponente.

O que acontecerá no próximo e decisivo encontro entre Hércules e o gigantesco leão enviado por Hera, vindo diretamente da Lua?

É isso que contaremos no próximo capítulo dessas fascinantes aventuras.

Capítulo 35
MATA-LEÃO VEM DAÍ

Hércules foi dormir. Você se lembra de que ele não conseguiu pregar o olho um só minuto. Entre mil estratégias mirabolantes, ocorreu-lhe que, para matar aquele leão de couraça impenetrável, teria que ser no braço. Estrangulando a fera.

Durante 29 dias, nosso herói permaneceu à espreita. Observando o comportamento do seu contendor. Tentando vislumbrar algo que pudesse sugerir fragilidade.

Ao longo desse período, o leão não demonstrou, em momento algum, a mais leve preocupação com o que Hércules poderia lhe causar de dano. Ele o tomava por absolutamente inofensivo. Indigno de qualquer prudência ou cautela.

A rigor, o leão o que mais fez foi se divertir. Aparecia, escondia-se, aproximava-se, propondo o pega-pega. Quando Hércules ameaçava alcançá-lo, ele escapulia com impressionante agilidade.

Foram 29 dias de uma tentativa de aproximação inócua e frustrante. Em busca de uma oportunidade de pegar o leão de jeito, de uma abordagem que pudesse lhe ser minimamente vantajosa. Mas nada disso aconteceu.

O leão dormia todas as noites no fundo de uma gruta. Hércules convenceu-se de que se houvesse alguma chance de encurralá-lo seria ali mesmo, no interior da gruta. Além de mais forte, mais invulnerável, fora da gruta o leão tinha se mostrado infinitamente mais ágil e veloz.

Como tínhamos dito, as armas convencionais se mostraram inofensivas. Hércules aproveitou aquele mês de estudos e, com muito zelo e calma, fabricou para si uma marreta, madeira de oliveira.

Como sabem, as oliveiras nos dão as olivas, as azeitonas. Essas são oliveiras plantadas para esse cultivo. Mas há outro tipo de oliveira, que não é plantada, campestre, chamemo-la assim, nativa, que nada tem a ver com as entradas e os azeites. Essas não são cultivadas, nascem espontaneamente, e têm uma madeira particularmente resistente e pesada.

Concluída sua produção de artesanato bélico, Hércules lançou mão de sua "hiper blaster mega" marreta e resolveu fazer uma visita ao leão em sua gruta. Armou-se de coragem e invadiu a gruta.

O leão lá se encontrava. E dormia refestelado, a sono solto. Tranquila e profundamente. Mas, como já dissemos, tratava-se de um animal recheado de recursos de grande sofisticação. Assim, o mero odor diferente no interior da gruta já pôs o gigantesco animal em alerta.

Assim, no instante mesmo em que Hércules entrou na gruta, o leão já rugiu, mesmo antes de vê-lo. Aquele leão era, com certeza, muito mais competente de olfato do que de visão. E o mundo, para ele, era muito mais definido por intermédio do contraste de odores do que de formas visuais.

Quando o leão se pôs em guarda, quem se viu encurralado entre seu oponente e a parte da gruta, toda ela revestida em pedra, foi Hércules. O cenário era o pior possível. Nem mesmo correr e se evadir ele poderia.

O filho de Zeus não teve alternativa a não ser sair para a briga. Ou ele começava a brigar ou morreria sem brigar. E procurando surpreender seu oponente, desferiu-lhe um golpe de próprio punho com uma força que jamais imprimira num golpe antes. E estamos falando de Hércules, o mais forte humano da história.

O leão acusou o golpe. Titubeou por alguns segundos. Deve ter admitido que havia ali um adversário que poderia incomodá-lo por alguns segundos ao menos. Oferecer alguma resistência. O leão não esperava o impacto daquele golpe.

O animal titubeou. Não foi nocaute. Mas deu uma bambeada suficiente para que Hércules conseguisse sair daquela posição encalacrada em que se encontrava.

Nosso herói posicionou-se então atrás de seu adversário. E, ainda se aproveitando dos segundos de hesitação produzidos por seu golpe, pulou em cima do animal, agarrando-o por trás. Era a sua chance. Colocá-lo contra o chão.

Ao se dar conta das novas condições do combate, o leão ficou furioso por demais. Ele se contorcia tentando morder os braços de Hércules. Mas este já se encontrava em vantagem, a salvo da bocarra do bicho, longe de seus dentes e com os dois braços posicionados ao redor do seu pescoço.

Hércules deu início ao estrangulamento. A dúvida era se ele teria força para manter aquela pressão em torno do pescoço do leão pelo tempo necessário para impedir a sua respiração em definitivo. O leitor e a leitora não haverão de se esquecer. Estamos falando de Hércules. Montado no leão, com os braços em volta do pescoço e a salvo de suas mordidas. Mas estamos falando também do leão de Hera. Vindo diretamente da Lua, gigantesco e feroz, exclusivamente para matá-lo.

No Olimpo, de um lado da arquibancada, a tensão nesse momento ficava por conta da deusa ciumenta. Do outro lado, Zeus, Hermes, Apolo e Atena, finalmente mais confiantes, pela primeira vez passavam a acreditar na vitória. Aplaudiam com entusiasmo a manobra de Hércules. A vitória lhes parecia uma questão de tempo.

Num último esforço, reunindo todas as suas forças remanescentes, o leão tenta se desvencilhar daquele alicate potentíssimo à sua volta. Ele tenta jogar Hércules para longe, corcoveando-se de modo alucinado. Mas Hércules, embora duramente sacolejado, não arredou um centímetro de onde estava.

A partir daí, o leão foi perdendo forças. Seus rugidos foram se tornando mais esporádicos e fracos. Hércules, embora extenuado, seguia impedindo quase toda a respiração de seu contendor. Até que o animal deu um último suspiro e tombou inerte.

Hércules havia vencido. No Olimpo, Zeus e os seus celebravam ruidosamente. Hera, furiosa, relutava em acreditar. Não era possível. Seu leão havia sido estrangulado pelo filho bastardo do marido. Maldito Hércules. Será preciso, doravante, encontrar adversários ainda mais poderosos. Ela se encarregará disso.

Quando Hércules se certificou de que o leão estava morto, seu esgotamento era tamanho que ele se deitou e adormeceu.

E agora que o primeiro trabalho está realizado, melhor trocar de capítulo. Em respeito aos lutadores e à dignidade da luta.

A ASCENSÃO DO HERÓI

1. Em busca da sabedoria divina

A busca por orientação divina conduz Hércules, acompanhado por Íficles e Iolau, ao Oráculo, um lugar sagrado onde os véus entre o mortal e o divino se afinam. Aqui, Hércules busca não apenas respostas, mas também um entendimento mais profundo de seu papel no tapeçar dos deuses. A jornada a Delfos simboliza uma busca interior, um mergulho nas profundezas da alma para encontrar a verdadeira direção.

2. A loucura e a perda: noite sombria da alma

Em um momento sombrio da história, Hércules enfrenta uma tragédia pessoal inimaginável. Hera, em sua ira divina, induz Hércules à loucura, levando-o a cometer atos irreversíveis contra sua própria família. Esse episódio é a noite escura da alma de Hércules, um período de perda profunda e desespero, no qual ele confronta as forças incontroláveis da vida e da morte. Aqui, Hércules não luta contra monstros externos, mas sim contra os demônios interiores de dor, culpa e desesperança.

3. Aceitação do destino: a caminhada para a redenção

Após a devastação, Hércules emerge com uma nova compreensão de seu destino. Relutantemente, ele aceita os trabalhos propostos por Euristeu. Essa aceitação refere-se menos à submissão e mais ao reconhecimento de que seu caminho está intrinsecamente ligado ao desejo dos deuses. Hércules percebe que sua jornada de redenção só pode começar ao aceitar e abraçar seu destino, por mais árduo que seja.

4. O desafio do leão: confrontando o intransponível

Hércules enfrenta o Leão de Nemeia, um desafio que parece insuperável. Esse episódio é carregado de simbolismo; o leão representa não apenas um desafio físico, mas também um obstáculo espiritual e mental. A batalha contra o leão é uma luta pela própria identidade de Hércules e seu lugar no mundo. A vitória sobre o leão é não apenas uma conquista física, mas também uma afirmação da força interior e do espírito indomável de Hércules.

5. Preparação para o futuro: a jornada continua

Hércules se prepara para os desafios futuros. Cada trabalho superado é um degrau na escada do crescimento pessoal e espiritual de Hércules. A jornada de Hércules não é apenas uma série de tarefas a serem concluídas; é um processo contínuo de autodescoberta, aprendizado e adaptação.

Cada desafio que Hércules enfrenta o prepara para o próximo, em um ciclo perpétuo de superação e transformação.

Conclusão

O último capítulo, como os anteriores, destaca as lições universais presentes na jornada de Hércules. A necessidade de buscar orientação, enfrentar adversidades internas e externas, aceitar o destino, superar obstáculos aparentemente intransponíveis e continuar crescendo diante de novos desafios são temas que ressoam em todas as eras, oferecendo uma visão atemporal sobre a condição humana e a busca incessante pelo verdadeiro propósito.

Capítulo 36
NA BARRIGA DO REI

Como acabamos de ver, Hércules matara o temido leão. Estrangulando-o com os braços. Posicionado por cima da vítima. Num autêntico mata-leão.

Esgotado, adormecera profundamente. E só depois de algumas muitas horas despertou.

* * *

Foi então que se lembrou das palavras de Euristeu.

— Quero a comprovação da morte do leão. Traga-me a sua pele.

O problema é que, como havíamos dito, nada perfurava a pele daquele animal. Ele tentara com faca, espada, flechas, sem sucesso. Nesse caso, chegou a cogitar a necessidade de levar o corpo inteiro do bicho para comprovar sua façanha.

Não iria fracassar logo agora, depois de ter conseguido dar cabo de tão poderoso inimigo. Seria ridículo morrer na praia depois de ter atravessado tão gigantesco oceano a nado.

Foi em meio a essas conjecturas que Hércules observou as patas do animal morto. E, junto delas, as suas garras. Ocorreu-lhe que talvez essas garras do próprio leão tivessem a solidez suficiente para perfurar a sua dura couraça.

— Será? — perguntou-se Hércules.

Se a natureza oferece aos animais instrumentos suficientes para o enfrentamento entre indivíduos da mesma espécie, seria lógico que as garras do leão cascudo dessem conta de perfurar um semelhante.

E não é que deu certo?!

Hércules tinha ponderado com acerto daquela vez. E assim, com as próprias garras do leão, ele conseguiu retirar a pele do animal e obter a prova definitiva de sua façanha.

* * *

Com seu troféu na bagagem, Hércules tomou o mesmo caminho que o trouxera de Micenas. Entregaria de uma vez a pele do leão a Euristeu e aguardaria pela indicação da próxima tarefa.

Ocorre que, na volta para Micenas, fazia muito frio. Mas muito frio. O tanto de frio marcado nos termômetros, o leitor e a leitora que façam suas apostas. Eu não tenho a menor ideia. Sempre soube que na Grécia faz muito calor no verão. Mas nunca ouvi falar nada de especial sobre as temperaturas invernais.

Sabemos que o inverno ia alto e carrancudo. O vento gelado cortava os ossos. O dia era de céu cinza escurecido por igual. Sem fissuras de claridade.

O nosso Hércules não viu outra solução senão a de se abrigar com a pele do leão. Bem como a de usar a cabeça do leão, que também decidira trazer com ele, como gorro protetor da própria cabeça. Se há quem tenha o rei na barriga, como se diz, Hércules instalou-se na barriga do rei. Do gigantesco rei das selvas vindo da Lua.

O leitor e a leitora podem imaginar o estranhamento dos raros transeuntes. Lá ia um homem gigantesco caminhando pela estrada. Envolto em pele de leão e com a cabeça coberta pela cabeça do bicho.

Não foi fácil o caminho de volta. O clima não deu trégua. Entre rajadas de vento gélido e tempestades inclementes em diagonal, Hércules seguia, pé ante pé, caminhando com a obstinação de sempre.

Pôs na cabeça que só pararia quando chegasse ao seu destino.

Para quem o visse passar, depois de tanto tempo investido naquela aventura, tanto tempo sozinho no meio do mato e na sequência daquele embate, Hércules fazia lembrar muito mais um bicho do que um herói humano.

* * *

Quando finalmente chegou e compareceu diante de Euristeu, portando apenas farrapos, descalço e cortado pelo frio, com a pele e a cabeça do leão em mãos, Hércules tinha uma aparência monstruosa.

Euristeu o temia mais do que nunca. Por ter sido capaz de matar o invencível leão enviado por Hera, com certeza. Mas também por se apresentar com aquela aparência desfigurada e desumanizada.

Tremendo, o monarca sentenciou, aterrorizado:

— Eu te proíbo, daqui para a frente, de voltar a entrar na minha cidade. Você deixará as provas de seus trabalhos realizados no portal de entrada, entendeu?

Hércules escutou, olhando fundo nos olhos do primo. E pensou consigo mesmo: "Por que cargas d'água eu não arranco a cabeça desse imbecil agora mesmo e acabo com essa palhaçada?".

Felizmente, para ele, antes de qualquer desatino, ocorreu-lhe que qualquer violência contra aquele monarca de araque, aquela miniatura de rei momo, desagradaria sobremaneira aos deuses do Olimpo. E que eles não são de brincadeira.

Como o leitor e a leitora podem perceber, Hércules dá sinais de algum rudimento de controle sobre sua raiva e seus primeiros impulsos. Desta feita, por exemplo.

Em outros tempos, não teria sobrado Euristeu algum para contar história. Mas dessa vez Hércules engoliu o sapo, sem dizer cobras e lagartos ao odiado primo. E aguardou sereno pela indicação do trabalho seguinte.

Para ele, abriremos um capítulo novinho em folha.

Capítulo 37
VÁLVULAS DE DESCARGA

O primeiro trabalho já estava arquivado. Realizado com sucesso. Euristeu, então, propôs a segunda tarefa. Tão claudicante e inseguro quanto no primeiro encontro.

Hércules já sabia. Seria, com certeza, um trabalho mais aterrorizante, mais difícil ou mesmo impossível de ser realizado. Hera não tinha digerido a vitória do filhinho bastardo do marido sobre seu leão de estimação. E não deixaria barato.

Dito e feito.

* * *

A segunda tarefa era dar cabo da incrível, superfamosa e invencível Hidra de Lerna.

Assim que Euristeu terminou de enunciá-la, Hércules virou-se e partiu. Não queria dar ao primo o gostinho de vê-lo empalidecer, temer, recear, antecipar possível derrota, sofrer por antecipação.

Mas não havia nenhuma dúvida: por essa Hércules não esperava.

Hidra era uma espécie de cobra, uma serpente, um réptil, portanto. Com algumas nuances consideráveis. Contava com dez cabeças. Essas cabeças, se cortadas, se regeneravam imediatamente. Esse pequeno detalhe, conservemos em segredo, porque o próprio Hércules o ignora. Terá que descobri-lo no momento certo da narrativa.

Além das cabeças, todo o resto que tem numa cabeça também deveria ser multiplicado por dez. Como dez bocas, por exemplo. Com toda a sua dentição serpentária e venenosas línguas.

Tudo isso seria só um detalhe se a tal cobra não fosse conhecida pelo seu hálito mortal. Hidra matava também pelo odor. Por isso que dispor de dez bocas não era, nesse caso, um mero detalhe.

Ninguém ousava dela se aproximar. Concordem comigo. Se uma boca com mau hálito já torna a abordagem bem desagradável, com tudo multiplicado por dez, a conversa fica mesmo de embrulhar estômago de avestruz.

Vocês, leitora charmosa e leitor sisudo, já tinham tido notícia de um odor assim, tão devastador que leva a óbito quem se atreve a inspirar o ar que o carrega?

Aliás, antes que respondam, vale uma pilhéria de circunstância. Quando alguém fabrica artefatos que funcionam em parceria com vasos sanitários, como válvulas de descarga, por exemplo, e coloca o nome de Hidra, é porque, inspirado na mitologia, destacou o poder odorífico da evacuação humana.

* * *

Fora Hera, ela mesma, com suas próprias mãos, seu zelo e seu carinho, que fizera de Hidra a criatura mais temida do Universo.

Sim, Hera, a mulher de Zeus, desafeto de Hércules, sua perseguidora implacável. Aquela Hera que mandou duas assistentes para capturar a consciência de nosso herói e fazê-lo matar toda a sua família. A mesma Hera que obrigou Hércules a desafiar o leão. Essa mesma.

E agora Hércules se vê obrigado a enfrentar aquele monstro. Era tarefa inimaginável. Uma roubada a não encarar nem por todo o dinheiro do mundo. Nem por todos os tronos de todos os reinos.

Mas ele avança. Ao mesmo tempo que pensa, seus pés o levam em direção ao seu destino.

* * *

Em dado momento da longa caminhada, Hércules ouve uma voz. Como se fosse um chamado. Parecia vir de sua memória. De um passado que, para ele, não existia mais. Tão acostumado a falar sozinho, a dialogar consigo mesmo, a perguntar e responder ele mesmo, acabou por não dar muita bola para a tal voz.

Mas a voz continuou. E agora parecia estar a chamá-lo por seu nome. Virou-se, então. E, para sua surpresa, divisou a distância seu sobrinho Iolau, que acenava feliz.

— Ei, tio. Não me reconhece mais? Iolau, seu sobrinho querido. Não se lembra mais de mim?

Ao ouvir aquela voz e vislumbrar aquele sorriso juvenil, é toda a vida de Hércules que lhe é resgatada pela memória num único instante junto a um turbilhão de afetos de todos os tipos. A voz do sobrinho lhe trouxe numa bandeja experiências condensadas de um passado distante, a lembrança de uma felicidade abortada, perdida por ele para sempre, por ele destruída com a violência de seus golpes.

Iolau não esconde a alegria que aquele encontro lhe proporcionava.

— Eu não disse que te acharia? Que eu te procuraria? Que iria com você? Que te ajudaria? Então eis-me cá, tio meu, para lutar ao seu lado, para o que der e vier.

Mas Hércules, prudente, diz não a Iolau.

— É impossível, meu sobrinho. É muito perigoso. O risco é imenso. Vá embora. É melhor assim.

Hércules se despede de Iolau e segue viagem solitário. Mas o sobrinho, em sua charretinha, o acompanha guardando uma distância para que o tio não se dê conta.

Hércules, sempre atento a uma possível hostilidade, percebeu bem rápido a manobra do sobrinho.

E lhe perguntou um pouco aborrecido:

— Você tem ideia de para onde estou indo? Eu tenho que combater a Hidra! A serpente de dez cabeças! É ela que eu tenho que matar! Volte para a sua casa, por favor. É melhor para você!

Ao ouvir o que o tio acabara de lhe revelar, Iolau empalideceu. Sentiu o baque do tamanho da façanha esperada. Mas respondeu-lhe com voz firme, sem demonstrar temor.

— Eu fico! Assim eu prometi, assim farei. Quero lutar ao seu lado, meu tio, por favor, deixe-me ficar!

Hércules, então, ante tamanha determinação, levantou os ombros, resignado.

— Você é muito jovem, Iolau, mas faça como quiser. Se quer tanto vir comigo, então venha. Mas preste atenção. Você virá para me ajudar. Não para me atrapalhar. A briga será de gente grande.

Iolau ouviu o tio com atenção. Levantou a cabeça, aceitando as condições. Mas a ficha começava a cair-lhe, como dizem na minha terra. E à medida que essa ficha chamada Hidra caía, o medo do sobrinho aumentava.

* * *

E lá foram eles. O sol brilhava, com todas as suas lamparinas acesas. E assim, entre uma prosa e outra, Hércules e o sobrinho se aproximaram do lugar onde aquele animal imundo, violento e cruel costumava se instalar.

A luz do sol foi dando lugar a uma bruma espessa, uma neblina terrível que os impedia de divisar com clareza a forma das coisas em que iam esbarrando.

Mas não importava. Estavam a serviço. Toda dificuldade superveniente deveria estar computada na equação da façanha. Precisavam vencer, era só isso que contava. E fariam o que fosse possível.

Por isso mesmo é que o enfrentamento entre Hércules e Hidra figura entre as histórias mais fascinantes da imaginação humana.

Hora mais que adequada de fazer uma pausa e, em contrição, abrir um novo capítulo. Assim faremos.

CAPÍTULO 38
TODAS AS CARAS DE SONO

Como anunciado no capítulo anterior, o segundo trabalho, a segunda aventura, o segundo desafio de Hércules era enfrentar Hidra, a serpente de dez cabeças. A Hidra eterna, a Hidra de tantas lendas, a Hidra de tantas vítimas, a Hidra cujo hálito por si só já aniquilava seus adversários.

* * *

Chegaram a um lugar baixo de água estagnada, pântano, charco. Ali, supostamente, se encontrava o monstro.

A luz não atravessava as árvores. Neblinas espessas os impediam de ver seus próprios passos. Não divisavam nada com clareza. Iam tateando, apoiando devagar o pé, em um chão indiscernível.

À medida que avançavam, começaram a sentir um odor insuportável. Que lhes revirava as tripas. Um odor que os agredia de tão nauseabundo, tornando impossível a respiração.

Seus olhos lacrimejavam e ardiam. Suas bocas volveram-se secas e amargas. Tossiam muito e não conseguiam respirar.

Hércules então mandou o sobrinho colocar um lenço em volta da boca. Desse modo, ainda que o odor continuasse insuportável, ao menos parariam de tossir.

Era preciso acelerar. Avançar mais rápido. A tarefa não poderia ser realizada devagar, porque o entono era medonho, insuportável, irrespirável. Não conseguiriam ficar ali por muito tempo.

Hércules e seu sobrinho Iolau espreitavam na expectativa do aparecimento inopinado do monstro. Tudo estava estranhamente calmo e silencioso. O medo tomava conta de ambos. Intuíam que, de uma hora para outra, seriam atacados de surpresa, tornando mais difíceis e menos eficazes suas defesas.

Hércules se abaixou lentamente, pegou uma pedra e a jogou na água. Um barulho seco se fez ouvir, sem nenhum eco. A pedra fora tragada pelo pântano.

O silêncio retornou em triunfo, reassumiu seu império. Continuou produzindo estragos em temor e pavor. O que lhes era concedido ouvir era nada além do batimento acelerado de seus corações.

* * *

Hércules então fez sinal para que seu sobrinho voltasse para a charrete. Ele pretendia tomar a iniciativa. Chamaria a serpente para a briga de uma vez. Mas, para isso, preferia estar sozinho.

Iolau, embora não concordasse, obedeceu hesitante.

Agora a parada era entre eles dois. De um lado, Hidra, a serpente de dez cabeças, o mais temido dos monstros da Terra; de outro, Hércules, o mais forte entre os humanos. Dali só um sairia vivo.

Como uma pedra não tinha dado conta de tirar Hidra de sua zona de conforto, Hércules decidiu arremessar dezenas delas, depois centenas e das grandes em direção ao pântano. Uma autêntica tempestade de pedras despencou sobre o cafofo do monstro. Produzindo um estrondo espantoso, em meio ao silêncio aterrorizante.

Agora não tinha mais jeito. Hidra teria que mostrar a cara. E assim o fez. O animal surgiu, um pouco espantado, com todas as suas caras de sono e de poucos amigos, desperto que fora de seu sagrado sono e seu ressonar em coral. Aborrecido, ou melhor, furioso, com aquele inopinado alarme que o tirara de um aprazível repouso. Nenhuma de suas dez caras pareceu mesmo de muitos amigos. Pelo contrário.

Hércules chegou a pensar que poderia ser aquele seu estado natural, mas não havia tempo nem condições de ter certeza. Ele finalmente tinha pela frente um monstro gigantesco, no mínimo dez vezes maior do que ele próprio. Provavelmente muitas vezes mais. Um monstro com uma pele entre cinza e verde. Uma cor bem típica de réptil. Tonalidade das mil fobias.

Dez longas e grossas vigas emergiam do seu tronco e lhes serviam de pescoço. Todas ágeis, fuçando por todos os lados, preparadas para agir com rapidez e extrema violência.

Algumas das cabeças iam mais alto que as mais altas árvores da floresta; já outras, pelo contrário, vinham por baixo, pelo solo. E cada um dos pescoços terminava efetivamente em uma cabeça. Eram de fato dez. Hércules teve tempo e frieza para conferir uma por uma.

Tomado de espanto ante a aparição de seu adversário, nosso herói recuou alguns passos e acabou tocando as costas no tronco de uma árvore.

Ali estava a Hidra. Bem diante dele. Mais próxima do que recomendaria a prudência. O monstro criado por Hera que ele teria que matar. Mas que, até aquele instante, só tinha lhe produzido medo e horror.

Como será a abordagem? Como golpear uma criatura tão esquisita e amedrontadora? Como se defender de tantas armas ao mesmo tempo?

Mais do que hora, querida leitora e querido leitor, de abrir um novo capítulo. Porque este não dá conta de tanto desagrado.

CAPÍTULO 39
DUAS NO LUGAR DE UMA

No capítulo anterior, deixamos Hércules metido numa senhora enrascada. Sua tarefa, sabemos todos, era matar Hidra, a serpente de dez cabeças, com pescoços muito ágeis e fortes e um hálito de puro enxofre.

Você se lembra de que ele tinha mandado o sobrinho Iolau de volta para a sua charrete. Fez questão de enfrentar o monstro sozinho, de resolver aquela parada do seu jeito.

Para que houvesse luta, teve que despertar a temida serpente. Fazendo um escarcéu digno de uma briga de gangues.

Agora, ela estava ali. Bem na sua frente.

* * *

Hidra foi a coisa mais impressionante que Hércules já tinha visto.

Você me pergunta como é que eu sei disso.

E eu te respondo:

— Uai. Eu sei disso porque foi ele mesmo que disse.

Ah! Você quer saber quando foi que ele fez essa afirmação? Ou você quer uma prova de que ele tenha dito isso? Bem, vou resolver sua inquietação numa única tacada. Leia abaixo o que Hércules disse, com sua própria boca, em algum momento após seu encontro com a Hidra.

— A Hidra foi a coisa mais impressionante que já tinha visto até então. E, na verdade, foi a coisa mais impressionante que vi até hoje. E, provavelmente, que verei até o fim de meus dias.

Pronto. Está satisfeito?

Você me pergunta como é que eu sei que ele disse exatamente isso que eu escrevi.

E eu te respondo, querida leitora, amável leitor.

Hércules vive no teclar de cada narrador que se dispõe a contar a sua história. Bem como viveu na pena dos escritores de antes. E na fala dos contadores de histórias.

Ao contá-la, o narrador se converte também em seu autor. Por isso, eu afirmo, para pôr fim a suas desconfianças:

— Hércules disse isso que disse porque eu disse que ele disse.

Ficou claro, imagino.

Voltemos, então, ao embate, meus amados leitores.

* * *

As cabeças da serpente procuravam o intruso que tinha ousado invadir seu espaço. Ela devia ser territorialista, como os animais costumam ser. Terá ficado, portanto, extremamente perturbada com aquela rara ousadia. Ela não deixaria semelhante audácia passar batido, de jeito nenhum.

Hércules, desta feita, empunhava uma espécie de espada. E, sem hesitar, partiu para cima de Hidra com a cara, a coragem e a tal espada na mão.

Nosso herói tomou a iniciativa e saiu para a briga porque essa era a única alternativa restante. Era preciso lutar. Se não surpreendesse a cobra tentando agredi-la, seria massacrado sem reação.

O filho de Zeus teria de atacar alguma parte vital do corpo daquela estranha serpente, cria de Hera. Algum órgão decisivo para a sua sobrevivência. Mas a coisa não era tão simples.

Pensem comigo, queridos leitora e leitor.

Uma cobra é um bicho em forma de salsicha. A sua cabeça é uma ponta da salsicha. O seu rabo é a outra ponta. E o resto dos órgãos da cobra ficam entre um e outro.

O problema é que Hidra não era uma cobra comum. Como dissemos, mais de uma vez, ela tinha dez cabeças e dez pescoços. Ora, cobras normais não têm pescoços.

Esses pescoços de Hidra, por sua vez, tinham sua origem em algum pedaço de corpo que não era propriamente pescoço. Esse tal pedaço, distinto dos pescoços, nenhuma cobra comum tampouco tem.

Retomando.

Era preciso que Hércules atingisse alguma zona vital. Nosso herói não sabia se algum desses dez pescoços, uma vez atingidos, levariam a serpente à morte.

Como ele era bastante hábil no manejo da espada, seu primeiro golpe foi certeiro e decepou uma das cabeças da Hidra, que caiu pertinho de onde ele se encontrava.

Nossa! Só uma das cabeças de Hidra media três vezes um homem normal. Chamou a sua atenção a língua pontiaguda da serpente, que era certamente maior do que ele.

No instante em que Hércules observava estupefato aquele pedaço decepado do monstro, ouviu o grito angustiado do sobrinho escondido bem atrás dele.

Ao retomar o foco do seu oponente, constatou que duas outras cabeças tinham nascido no lugar daquela que ele tinha acabado de cortar fora.

— Aí fica difícil — lamentou Hércules, em desalento.

Aquela serpente podia se regenerar. Multiplicar suas células instantaneamente, ao infinito. É como se fosse eterna.

Se cada parte amputada do seu corpo gerar duas outras, não há como abatê-la. A disputa é interminável. E a vitória, impossível. Seria como tentar encher um saco sem fundo.

De fato. Quanto mais cabeças Hércules fizesse rolar, mais cabeças teria de enfrentar. A julgar por aquela proporção, se o herói decepasse as dez cabeças da serpente, teria que, no instante seguinte, enfrentar a mesma serpente com vinte cabeças.

Hidra parecia nutrir-se dela mesma. Responsável por sua própria regeneração, por sua procriação. Como poderia vencer um monstro que não se importava de receber golpes?

Talvez preferisse até recebê-los. Quanto mais mutilada, maior seria, mais forte e mais monstruosa.

Não creio que seja prudente dar sequência. As constatações de Hércules são por demais desmobilizadoras. Melhor mudar de capítulo. Quem sabe se não damos um tempinho para que nosso herói encontre alguma solução.

Capítulo 40
Parceria corta e queima

Hércules supôs que sua saga tivesse chegado ao fim. Que Hera e seu monstrinho tivessem, finalmente, vencido. De fato, não havia o que fazer. Por mais forte e hábil que ele se mostrasse, abater Hidra era tarefa impossível de ser realizada. Quanto mais espetacular e eficiente fosse seu desempenho, mais vigoroso e invencível tornava-se seu adversário.

Antes de sucumbir de vez, ele ainda se permitiu uma última conjectura.

— Deve haver um meio. Não é possível. Algo que obste a regeneração dessas cabeças. Que as impeça de ressurgir, de renascer. Tem que haver um meio.

E essa inquietação se dava em simultâneo ao manuseio incansável da espada e ao decepar enlouquecido das cabeças de sua contendora. Ele havia conseguido, com destreza e coragem, decepar mais três. Mas, no lugar, surgiram mais seis. O inimigo, desse modo, não recuava. Pelo contrário. Tornava-se a cada golpe mais temível e amedrontador.

Encontraria Hércules um modo de impedir isso, depois de ter cortado três cabeças fora?

Nosso herói parecia dar sinais de fraqueza. O embate já ia longe. Ele se mostrava abatido e cansado.

Eis que uma ideia lhe surgiu bem no calor dos últimos esforços. Um recurso que poderia surpreender Hidra e fazê-la temer um pouco. O fogo. Talvez as chamas pudessem reverter aquele cenário de desvantagem crescente. Sobretudo junto a um adversário acostumado com pântano e água estagnada.

Hércules, revigorado pela esperança, ante o sucesso possível da nova estratégia, grita para o sobrinho acender uma tocha. Em grande urgência.

Segundos depois, Iolau traz o que Hércules lhe pedira. Ele lança mão da tocha e acena provocativo diante das cabeças do monstro.

Pela primeira vez em horas de batalha, Hidra pareceu recuar. Surpreendida, começou a cuspir uma saliva amarelada. Seu intuito era obviamente o de apagar as chamas, mas ficou longe de ter algum êxito.

Hércules celebrou aquela vitória parcial. Ele tinha razão. Hidra detesta o fogo. Eis, portanto, a única arma possível.

Procurando rentabilizar aquele sucesso, com uma das mãos ele seguia empunhando a espada, e com a outra ele a ameaçava com a tocha.

Ao decepar uma nova cabeça, ocorreu-lhe outra ideia. Aproximar o fogo de onde ela se regeneraria. Mais do que aproximar simplesmente, seu intuito era queimar a parte amputada do corpo do monstro.

Assim, Hércules queima a parte amputada junto ao pescoço da serpente.

Hidra começa a exalar um odor horripilante. Mais nauseabundo que jamais exalara. Tenta em desespero tomar a tocha das mãos de Hércules. Esse, com extrema agilidade, esquiva-se do golpe.

Uma nova cabeça decepada também tem a parte amputada queimada sem piedade. Hércules se anima com seu sucesso momentâneo. Alvíssaras. As novas cabeças não mais surgiam dos lugares queimados pela tocha.

Hércules, aos 49 do segundo tempo, quando suas forças se exauriam completamente, tinha finalmente encontrado a fragilidade de Hidra: a amputação mais a queimadura impedia a regeneração.

O número de cabeças do monstro pela primeira vez em horas começa a diminuir. As remanescentes emitem um som gutural ensurdecedor.

O herói e o sobrinho dividiram as tarefas em parceria eficaz, com o comprometimento de quem está há séculos no mercado de decepações e cauterizações. Hércules decepava as cabeças. E Iolau cauterizava, queimando o lugar da regeneração.

Restavam ainda três. O tio animava o sobrinho para que não esmorecesse. Que aguentasse firme a extenuante tarefa. Entre odores, cuspes, chamas e chagas, Iolau vivia um autêntico instante infernal. A cada nova cabeça amputada, uma celebração de encorajamento.

Eis que, nesse instante, em que a vitória de Hércules se desenhava, Hera, que acompanhava ansiosa o combate do Olimpo, decidiu interceder.

E vocês, leitora primaveril e leitor invernal, têm todo o direito de se indignarem. Puxa vida. Depois de tamanho esforço, numa batalha que já era pra lá de desigual, agora ainda vem essa deusa medonha e, covardemente, reequilibra a peleja.

— Cadê o Zeus para entreter essa mocreia? — você indaga com indignação.

Calma, calma. Ainda não sabemos muita coisa.

O que terá feito a deusa para ajudar a sua Hidra e dificultar mais ainda a tarefa de nosso herói e seu sobrinho? O nosso Capitão Caverna e o seu sobrinho Caverninha.

Que tipo de valor ético pode ter essa deusa para auxiliar Hidra numa batalha já tão desigual?

Isso é o que veremos nos próximos parágrafos. Mas não neste capítulo. A consternação é grande demais para prosseguir.

Aqui, só mesmo um chá de erva-cidreira para serenar os ânimos.

E, quem sabe, um saquinho de bala de goma que eu comprei ontem no ponto de ônibus e deixei ao lado da torradeira. Dou preferência para as de laranja e uva. De modo que se você quiser comer as outras, estão às ordens.

ALÉM DOS LIMITES: A SUPERAÇÃO DE HÉRCULES

1. O despertar de um novo desafio

No capítulo 36, Hércules, após a vitória sobre o leão, é confrontado com um novo desafio imposto por Euristeu: Hidra. A narrativa enfoca a reflexão interna de Hércules, que, apesar do cansaço e da adversidade contínua, encontra força em sua resiliência. Joel destaca como a jornada de Hércules simboliza a luta constante do ser humano contra adversidades, realçando a importância do autodesenvolvimento e da superação pessoal.

2. A estratégia inusitada

Aqui, Hércules planeja uma abordagem inédita para seu próximo desafio. Joel explora como a capacidade de pensar de forma inovadora em situações de pressão é crucial. O capítulo 37 ilustra a habilidade de Hércules de usar a criatividade para superar obstáculos, servindo de metáfora para a necessidade de adaptabilidade e inovação nas adversidades da vida.

3. Aliança inesperada: a força do apoio

Hércules encontra um aliado inesperado, reforçando a ideia de que ninguém é uma ilha. Clóvis discorre sobre como o apoio e a colaboração são fundamentais no caminho para o sucesso. O capítulo 38 não só destaca a importância das relações humanas, mas também como o apoio mútuo pode ser uma fonte poderosa de força e inspiração.

4. Confronto com o passado: enfrentando sombras internas

Hércules enfrenta lembranças de sua família, trazendo à tona conflitos internos. Clóvis utiliza esse momento para abordar como enfrentar e superar traumas passados é essencial para o crescimento pessoal. O capítulo 39 serve como uma reflexão sobre como o passado pode moldar, mas não definir, o nosso futuro.

5. Além dos limites: a verdadeira força

A culminação do capítulo 40 se dá quando Hércules percebe que sua verdadeira força não reside apenas em sua capacidade física, mas também em sua determinação inabalável e capacidade de superar adversidades. Joel usa esse momento para inspirar os leitores a reconhecerem suas próprias forças internas e a importância de acreditar em si próprios, mesmo quando as circunstâncias parecem insuperáveis.

Conclusão

Esses capítulos, escritos no estilo característico de Clóvis, não apenas narram a jornada de Hércules, mas também oferecem lições valiosas sobre superação, resiliência e a importância do apoio mútuo. Por meio de sua luta, Hércules se torna um símbolo de força interior e perseverança, refletindo as lutas e os triunfos que todos enfrentamos em nossa jornada pessoal.

Capítulo 41
HERA ESCROTA

Nos capítulos anteriores, Hércules enfrentou Hidra, serpente de dez cabeças. Num primeiro momento, ele se deu conta de que as cabeças se regeneravam e se duplicavam, tornando o monstro invencível.

Mas, graças à sua astúcia, constatou que, ao queimar a parte amputada, a cabeça não mais se regenerava.

Porém, quando só faltavam três cabeças e a vitória se aproximava, Hera decidiu complicar a vida de Hércules.

* * *

— E o que fez Hera? — você pergunta, já entediado com minhas recapitulações.

Pois bem. Você, ávida leitora, você, sorumbático leitor, não vão acreditar.

Hera fez cair, bem ao lado de Hércules, um gigantesco caranguejo. Assim, do nada. Um caranguejo do tamanho dele. Tipo, descomunal. E o bicho, pasmem, atacou-lhe o calcanhar.

— Caramba, os heróis gregos têm problemas com seus calcanhares! — você observa, tentando desdramatizar a situação.

De fato, é conhecidíssima a história do calcanhar de Aquiles.

Mas, leitores amados, concordem comigo.

Não é uma loucura? Uma várzea essa narrativa. Acontece de tudo. É um despropósito. Como assim? Do nada, um caranguejo gigante a atacar seu calcanhar. O que mais falta? Logo chegarão o Mike Tyson e algum do MMA para sair no braço com o rapaz. Eu não aguento essa zona. Estou pensando até em interromper de vez o relato. Virou palhaçada isso.

Nossa! Além do susto, a dor. Hércules grita sob o efeito de uma dor terrível. Essa agressão inopinada, imprevista, dentro de uma luta já desigual, enfim, alguma coisa absolutamente covarde revoltou o nosso herói de vez.

Ele deixa cair sua espada, no meio do susto e da dor. Seu calcanhar sangrava muito. Ele estava perdendo muito sangue. E o pior é que o caranguejo não largava do seu pé.

— Ô peste dos infernos!

Vocês imaginam a cena, queridos leitor e leitora?

Hidra com dez troncos, sendo sete sem cabeças e três ainda com. Iolau com a tocha na mão esperando mais pescoços para queimar. Um caranguejo gigante atracado no calcanhar, e Hércules puxando o pé e gritando de dor. Tudo junto e misturado.

Num único instante, tantos elementos fantásticos combinados.

Só que aquela batalha, que caminhava para a vitória de Hércules de modo mais ou menos tranquilo, ganhou um novo cenário.

Hidra, que não é tonta nem nada, vendo que seu adversário estava num momento de grande fragilidade, aproveitou-se para se enrolar em torno de seu quadril. Acrescentem, leitores, esse detalhe à imagem que construíram agora há pouco.

Seu plano era enrolar-se, esmagar seu corpo e sufocá-lo. E lembrem-se de que Hércules estava sem sua espada.

Iolau, totalmente bestificado, vê o olhar do tio tremer e temer. Hércules encontrava-se na pior situação de sua vida. Na iminência de ser definitivamente vencido. Estava a ponto de perder a consciência. Com a serpente de dez cabeças enrolada em seu corpo e o caranguejo gigante atracado em seu calcanhar.

Hera, despudorada, canalha e vil, degusta seu triunfo. Hércules ia desmaiar a qualquer momento por conta da dor aguda que sentia. Sem falar que já não tinha quase condições de respirar.

Iolau concluiu rápido que se o tio perdesse a consciência, estaria morto, seria seu fim.

Decidiu então recuperar a espada e devolvê-la.

Hércules, ao receber a espada do sobrinho, estava com tanta raiva daquele caranguejo que deixou um pouco Hidra de lado. Afinal, já era uma adversária velha de guerra, cujos atributos ele já conhecia de cor e salteado.

Ele estava injuriado mesmo era com o caranguejo. Com aquele símbolo da deslealdade, da vilania, da canalhice. De posse da espada, Hércules investiu contra aquele animal de patas articuladas.

Como dizíamos, sua raiva era tamanha que, num único golpe, destroçou o caranguejo por completo, rompendo sua carapaça e partindo-o ao meio. O primeiro passo estava concluído. Agora, vamos a Hidra.

A serpente ainda contava com uma de suas dez cabeças. O leitor atento perguntará pelas outras duas. Afinal, eram três remanescentes. Pois bem, eu não sei. Vendo o peixe pelo preço que comprei. De qualquer forma, deixe de ser chato. Não é importante.

Hércules investiu em fúria contra ela, tentando decepá-la a todo custo. Foram várias as tentativas. Nosso herói estava provavelmente enfraquecido e extenuado.

Sempre muito intuitivo, instintivo e perspicaz, ele dá um giro de 180 graus, em torno dele mesmo, para dar uma geral no pedaço, com o coração completamente premido de ansiedade, de angústia, de desejo de sair dali. Mas não entregaria os pontos justo agora, quando se encontrava a um passo da vitória.

Movido por essa certeza, Hércules partiu para o tudo ou nada. E, com um golpe de rara felicidade, decepou a última cabeça da serpente.

Vitória! Vitória!

Ainda não.

Hércules toma a cabeça de Hidra em suas mãos e se dá conta de que ainda há vida. Que o pescoço ainda pulsa. Que a potência vital ainda existe. Que poderia se regenerar a qualquer momento.

Tomado por um desespero imenso, uma raiva inédita, mas também por um medo enorme, ele segura a cabeça de Hidra com os dedos e a atira com toda a sua força num buraco profundo que, em seguida, fez questão de soterrar e tapar.

Assim, de um lado, o corpo de Hidra ainda se contorcia, sem nenhuma das dez cabeças. Do outro lado, a cabeça remanescente, arremessada em um buraco profundo e tapada com um rochedo de peso incalculável.

Hércules, então, enuncia a famosa frase, que muita gente conhece:

— Você pode rir, besta infame, mas vai viver dentro deste buraco pelo resto da eternidade. Ninguém virá te procurar aqui. Você está condenada para sempre.

Certo da vitória, aliviado pelo fim da batalha, Hércules finalmente relaxa e ri. Um riso de raiva, de angústia, de fatiga, de exaustão.

E também de medo.

Agora só mesmo mais bala de goma. E um capítulo fresco para comportar renovadas peripécias.

Capítulo 42
Mais famoso que os Beatles

Algum dos Beatles teria dito que tinham se tornado mais famosos que Jesus. Hércules não teria deixado por menos. Tornara-se mais famoso que os Beatles.

Ele, que acabara de matar Hidra, jogar sua última cabeça no buraco e colocar um enorme rochedo em cima, terminou sua aventura às gargalhadas, de raiva, cansaço e medo. Desse modo, conseguiu expiar a imensa tensão decorrente daquele enfrentamento tão violento.

* * *

Na volta, Euristeu não o esperava. Supunha que estivesse morto. Não acreditava que pudesse estar vivo. Não teria sobrevivido a Hidra, de modo algum.

Quando se encontraram, Euristeu considerou anular a tarefa. Hércules teria sido ajudado por Iolau. E as tarefas, segundo seu entendimento, tinham que ser realizadas sozinho.

— Eu não deixei claro, eu acho. Mas achei que fosse óbvio para uma pessoa de entendimento mediano. As tarefas têm que ser realizadas de próprio punho. De outro modo, na próxima você convida uma centena de amigos, e o propósito se perde.

Hércules, então, gentil e docemente respondeu ao soberano do pedaço.

— Querido primo, eu acho melhor você considerar válida a tarefa. Caso contrário, eu vou arrancar fora a sua cabeça e acabar com isso de uma vez.

Euristeu se deu conta de que o primo não estava para brincadeiras. E ponderou que, no frigir dos ovos, a ajuda de Iolau não poderia ter sido tão decisiva num embate com Hidra. E que, pensando bem, a consideraria válida.

Em seguida, apresentou a Hércules a terceira tarefa.

* * *

Tratava-se de um javali, de um imenso javali. Era conhecido por javali de Erimanto, por conta da localidade onde vivia.

Esse javali prometia oferecer a Hércules ainda mais resistência. A tarefa era trazê-lo vivo desta vez.

Hércules percebeu que precisaria de recursos para se proteger do frio. Entendeu que teria que partir sozinho. E admitiu quanto o sobrinho querido lhe faria falta. A sua solidão era peça-chave entre as armas dos seus inimigos para derrotá-lo. Hércules se sentia só. E a sua solidão era uma dura provação para ele.

Nosso herói achava que, doravante, nada poderia ser pior do que Hidra. O tal javali seria, portanto, café pequeno, seria moleza, mamão com açúcar. Estaria de volta a Micenas com o javali vivo nas mãos, antes de o inverno chegar. Ele tinha certeza disso.

Naquela mesma noite, Hércules teve dificuldades para dormir. E isso se deve menos à ansiedade de vencer o javali e mais ao rescaldo da batalha contra Hidra.

* * *

Em meio à insônia, lembrou que ali perto viviam Pholus e Quíron, seus velhos amigos. Decidiu, então, visitá-los. Não havia nenhuma razão para aquela visita, não fosse a imensa solidão que o atormentava. Hércules se sentia só como nunca houvera se sentido antes.

Pholus e Quíron não eram humanos normais. Eram centauros. Meio humanos, meio equinos. Os centauros, de modo geral, eram bem agressivos. Mas esse não era o caso dos amigos de Hércules. Ele os conhecera por conta do pai. Anfitrião o ensinara a jamais julgá-los pela estranhíssima aparência.

Pholus, como Hércules esperava, o acolheu com grande calor e amizade. Seu júbilo e sua alegria eram tais que acabou organizando uma festa em sua homenagem.

Hércules, enternecido, escutava o que Pholus tinha a lhe dizer com surpresa, ternura, encantamento e humildade.

O amigo lhe contou as fofocas que corriam soltas a seu respeito por toda a Grécia. Relatos de suas façanhas, fidedignos, alterados, completamente falsos, tinha de tudo. Não passava pela cabeça de Hércules ter se tornado a celebridade do momento em todo o país. Ele não se sentia merecedor de tanto destaque, legitimidade, aplauso e homenagens.

Ainda assim, ouviu calado. Procurou aproveitar a doçura e a ternura dos relatos. Supôs que, quando tudo terminasse, ele desfrutaria de ótimas condições de vida. Seria tratado como um grande herói. E voltaria, em definitivo, para a terra de sua família.

Pholus havia preparado uma refeição estupenda, com carne assada, carne cozida, carne de panela. Hércules se regalou. Exultava, de fato, ante tantas gentilezas. Desfrutava da hospitalidade de seu amigo. Fazia muito tempo que não se refestelava e se divertia como naquela festa em sua homenagem. Não se lembrava da última vez que se alimentara em uma mesa, sentado em algum sentador.

Pois muito bem, meus amigos leitores. Está tudo muito bom, está tudo muito bem, mas realmente, realmente, eu preferia que vocês estivessem repousando agora. Chega de balada.

O que acontecerá com Hércules nessa terceira tarefa indicada por Euristeu? Não sabemos. O javali da montanha ainda nos é um ilustre desconhecido.

Mas como bebemos e comemos demais em casa de Pholus, melhor é interromper o capítulo por aqui, curar primeiro a ressaca, e ver amanhã o melhor jeito de ir buscar o suíno de grandes proporções.

Capítulo 43
Imortalidade Transferida

No capítulo anterior, Hércules visitara seus amigos centauros.

Dissemos que os centauros eram quase todos meio agressivos. Mas os amigos de Hércules não eram assim. Fora recebido na casa de um deles como um príncipe.

O relato detalhado de suas façanhas e o acolhimento carinhoso que recebera tinham deixado Hércules maravilhado.

Um banquete lhe foi oferecido. Hércules se regalou.

* * *

Mas quando Hércules é protagonista, tudo pode azedar de um instante para o outro.

E não deu outra.

Nosso herói teve sede. Procurou vinho. Viu uma jarra cheinha dando sopa. Ela não estava junto às demais. Parecia reservada. Posta em separado. E de fato. Aquela jarra específica pertencia a uma comunidade de centauros. E Hércules, óbvio, não sabia disso.

Pholus observou o amigo se aproximando do utensílio em questão e supôs que, se ele viesse a destapá-la, poderia ser mal interpretado.

Hércules, interpelado, disse que reporia prontamente o vinho. Que não havia mal em tomá-lo.

Veja como são as coisas. Havia outras jarras. Muitas. Todas cheias de vinho. Mas quando a pessoa tem talento para a encrenca, ela a desencadeia mesmo sem perceber.

Pholus ficou numa sinuca. Entre a cruz e a caldeirinha, como dizia tia Joana. Se, por um lado, ele queria agradar seu amigo de infância e convidado de honra, por outro, ele sabia que a galera dos centauros não era de brincadeira.

Muito constrangido, acabou cedendo a jarra a Hércules para que se servisse. Assim que a jarra foi destapada, o vinho que ali descansava exalou um odor muito característico, conhecido pelos centauros. Estes foram imediatamente atraídos para aquele lugar em que Hércules se encontrava. Chegaram muito indignados.

— Quem mexeu no nosso vinho? Quem está tomando o nosso vinho? Quem é o maluco que ousou tocar no nosso vinho?

Aproximaram-se armando-se de pedras, galhos de árvores e o que encontraram pela frente.

Hércules, percebendo rápido a ameaça, colocou-se na porta da gruta onde residiam seus amigos.

Nosso herói foi disparando as flechas envenenadas que tinha à mão e aniquilando um a um dos furiosos animais. Os que não foram alvejados fugiram em desespero. Ele os perseguiu. Queria dizimar todos. Que não sobrasse um vivo.

Sabemos bem. Quando se metia numa confusão, Hércules não parava enquanto não destruísse completamente a força adversária.

Os que ainda estrebuchavam ficaram ali por perto, aos pés de Quíron. Este era considerado o mais sábio de todos, bem como o mais generoso e bondoso.

* * *

Uma palavrinha sobre Quíron. Ele era filho de uma relação adulterina de Cronos, seu pai — titã casado com Reia e pai de Zeus — com Fílira, que, por sua vez, não era uma qualquer, mas filha de Oceano.

O problema é que Cronos foi pego com as calças na mão, a boca na botija e as pernas pulando a cerca. E, para se evadir da constrangedora situação, teria se metamorfoseado em cavalo.

Ora. O que acabou acontecendo foi que o filho dessa relação nasceu centauro. Aliás, o primeiro deles. Quíron.

Quando Fílira se deu conta de que tinha parido um filho bastante diferente, abandonou-o no Monte Pelion, onde ficavam as escolas. Por isso Quíron foi educado entre os doutores. E sempre foi tido como, diríamos hoje, um intelectual. Segundo outros relatos,

Quíron foi entregue ao deus Apolo e à deusa Ártemis, tendo sido educado por ambos.

Há quem diga que Cronos amava o filho. E teria lhe deixado em legado alguns dons ligados ao tempo, como o dom de prever o futuro.

Pronto. Podemos voltar.

* * *

Quando Hércules viu que Quíron estava ali, caiu em si. Ele não detestava Quíron, não o odiava de jeito nenhum, pelo contrário. Ele queria muito bem a Quíron.

Não havia quem não o admirasse e aceitasse a sua sabedoria.

Mas ainda havia um centauro em pé. Hércules atirou nele. A flecha envenenada transpassou a sua pata e seguiu até atingir o joelho de Quíron. Este, então, também tombou agonizante.

Hércules não sabia o que fazer. Ficou desesperado.

Foi quando Quíron chamou Hércules para falar-lhe ao pé do ouvido.

— Eu nasci imortal. Nunca vou morrer. Resta-me, portanto, agonizar por toda a eternidade.

Puxa vida, querida leitora, querido leitor. Que frase!

Enquanto Quíron sofria com uma dor atroz, Hércules seguia desesperado, devastado, sem saber como ajudá-lo. Era tarde demais, e ele sabia disso. O remorso era gigantesco e inútil.

* * *

Eis que, em meio a essa grande perturbação, apareceu na porta da gruta um gigante. Daqueles que poderiam pôr medo em qualquer um. Mas tinha uma cara bem amistosa. Fora enviado por Zeus para ajudar Quíron. Era Prometeu.

Prometeu ficou muito conhecido porque, num dos diálogos de Platão, é apresentado como tendo roubado o fogo e a astúcia para entregar ao homem, depois que Epimeteu, seu irmão, dera todos os recursos de natureza para os demais animais.

Hércules sabia que Prometeu era um inimigo seu. No mínimo, um desafeto. Ele temia pelo pior. Mas Prometeu pediu licença, apertou as mãos de Quíron e lhe disse:

— Zeus permitiu que eu aceitasse a sua imortalidade.

Olha que loucura! Que coisa espetacular!

Com aquele aperto de mãos, Quíron transferia para Prometeu a sua imortalidade. Desse modo, Prometeu, que era mortal, tornou-se imortal. E Quíron, que era imortal, tornou-se mortal. Por isso mesmo, pode morrer em paz, livrando-se da dor atroz que sofria.

Prometeu, agora imortal, levanta-se com o dever cumprido. Sai da gruta evitando cruzar olhares com Hércules. E parte em paz. Havia livrado o pobre Quíron da agonia eterna.

* * *

Enquanto isso, Hércules se perguntava:

— Se o meu destino — assim sentenciou o adivinho Tirésias — é o de dar cabo de todos os ignorantes, dos arrogantes, de toda gente ruim, por que eu acabo causando tanto dano a gente que não tem nada de ignorante e arrogante, por quê? Por que a minha vida tem que arruinar a vida de tanta gente boa por onde eu passo?

E então, depois de dizimar toda uma comunidade de centauros, concluiu que era hora de partir.

E assim o fez.

Não há como não derramar uma lágrima por Quíron. E pelos centauros. E por toda aquela comunidade. E por Pholus, o generoso amigo de Hércules.

Quando nada acaba bem, melhor mesmo é dar uma oportunidade ao próximo capítulo, que está a pouquinho de entrar em cena.

Capítulo 44
PÉ FRIO

Como dissemos há dois capítulos, o nosso javali vivia em Erimanto.

Aliás, esse era o nome de um monte, cujo cume era muito frio e cheio de neve o ano todo.

Hércules não tinha nenhum preparo para enfrentar o frio. Suas roupas eram sumárias. Pouco mais do que uma reunião de trapos. Suas sandálias eram destruídas pelas longas caminhadas. Os pés iam praticamente descalços. Pés no chão. Pés no gelo.

Desse modo, o nosso herói terá não só o javali como adversário, mas também as condições climáticas.

Olha que seu amigo centauro tinha se oferecido para acompanhá-lo ao shopping da cidade. Estavam com uma liquidação de roupas de inverno imperdível. Por ser a coleção do ano anterior, os preços estavam muito atrativos.

Mas Hércules declinou do convite. Alegou que sentiria muito calor ao longo da caminhada com toda aquela roupa de lã por cima de seu corpo. Nosso herói sempre se tomou por muito calorento.

Viria, por certo, a se arrepender amargamente dessa decisão.

* * *

Com o objetivo de atrair o javali, Hércules imitava gritos de lobo. Seu objetivo era tirá-lo de onde estava. Do seu lugar. E trazê-lo para um espaço de batalha mais neutro, que não fosse tão familiar ao adversário.

Como Hércules não podia matá-lo, era preciso caçá-lo sem feri-lo mortalmente.

* * *

A frase acima é excelente para que os queridos leitores e leitoras refresquem a memória do tempo de escola, quando estudaram na gramática os verbos transitivos diretos, os objetos diretos e os pronomes pessoais do caso oblíquo.

Já entendi. O que você quer são as aventuras de Hércules. A lembrança dos tempos de aluno de gramática nem sempre é a mais feliz.

É que eu sinto muita falta de conversar com você. Fico aqui, só contando a história. Essas vidas vividas pelos outros. E nunca tenho a oportunidade de interagir a partir de nossas próprias experiências.

Está bem. Já sei. Não foi isso que a capa prometeu quando você a encontrou na livraria.

Nesse caso, devolvo-o à nossa trama. Antes que você devolva o livro ao editor Marcial.

* * *

A estratégia definida foi fazer o bicho correr. Até a exaustão. Quando ele não aguentasse mais e estivesse extenuado, tornar-se-ia uma presa mais fácil.

Tornar-se-ia! Lembra-se da mesóclise? Foi só para te cutucar. Tá bom, já parei.

A estratégia de imitar os lobos deu certo. Logo o javali deu as caras. Hércules, então, pôde comprovar que sua fama era justificada. O animal tinha mesmo uma aparência medonha, nojenta, repugnante e monstruosa. A tarefa tornou-se, em segundos, mais complicada do que ele imaginava.

Por outro lado, era nítido que não se tratava de um bicho propriamente ágil. Muito pelo contrário. Avançava com clara dificuldade. Não era um ás do deslocamento. Custava-lhe muito movimentar-se na neve.

Desse modo, não seria tão fácil assim fazê-lo correr até se cansar. O que Hércules havia imaginado, do animal correndo, correndo, em altíssima velocidade, montanha abaixo, até não aguentar mais, como se fosse um poodle em passeio dominical de gramado aberto, definitivamente não ia rolar.

O tal javali era mais no estilo paradão mesmo.

A cada nova volta no ponteiro, o frio agredia Hércules poderosamente.

— Eu devia ter ido com o centauro ao shopping. Como fui burro! Modelitos com até 50% de desconto. E, famoso como sou agora, talvez até ganhasse da loja os produtos que quisesse levar. Para desfilar nas altas com esta ou aquela grife etiquetada pelo corpo. Ai, se arrependimento matasse!

Por enquanto, ele receava congelar. Seria preciso capturar o javali, e rápido. E, desta feita, não poderia abrigar-se com o manto da pele do animal, como no episódio do leão. Tinha que levar o bebê vivo, por puro capricho daquele primo energúmeno.

Mas Hércules não aguentaria ficar muito tempo ali, naquele monte gelado. O mais difícil daquela tarefa seria realizá-la num curtíssimo intervalo de tempo. Para que pudesse sair logo dali, em direção a regiões de temperatura mais amena.

* * *

Enquanto caraminholava sobre as condições da jornada, Hércules continuou imitando lobos, fazendo barulhos para atrair o infeliz do javali. Este, por sua vez, pareceu ter acelerado seu ritmo de deslocamento.

Não sabemos se essa constatação era verificável na realidade objetiva ou se se tratava de puro delírio de quem já dava sinais de congelamento do cérebro.

Num dado momento, para espanto de Hércules, o javali desapareceu de suas vistas, emitindo grunhidos terríveis de dor, de sofrimento agudo.

O pobre caíra num buraco, desses que a neve esconde e que ninguém pode ver.

Hércules se aproximou, arrumou um galho à guisa de uma corda, algo como um cipó, e também desceu. O animal ainda estava vivo, mas certamente machucado. Impossível saber se resistiria. E precisava resistir, para que a tarefa fosse validada.

Por incrível que pareça, toca agora torcer pelo pobre do javali.

Hércules, sem perder tempo, içou o bicho, pô-lo nas costas com a delicadeza que conseguia e começou sua caminhada de volta a Micenas.

Aquela imagem de Hércules carregando o javali nas costas virou narrativa e circulou de orelha a orelha, de boca a boca por toda a Grécia e mesmo fora. Chegou também aos ouvidos de Euristeu, bem antes de Hércules visitá-lo.

O prestígio do nosso herói só aumentava. Todos o admiravam. As crianças queriam ser Hércules quando crescessem. As mulheres sonhavam com um beijo seu. Outras queriam mais do que isso. Os homens o temiam em rabugice.

E lá ia ele. Sem *fake news*. Com o seu javali a tiracolo. Por quem chegou a ganhar alguma ternura. E, por isso, o carregava com todo o cuidado. Não só para que sobrevivesse, mas também para que sentisse a menor dor possível.

Ao entregá-lo, certificou-se de que seria cuidado. E não sacrificado, como seria dos usos e costumes da época.

* * *

A cada trabalho concluído, Euristeu o temia mais. Não suportava a ideia de que Hércules pudesse triunfar. Que realizasse todos os trabalhos. E reivindicasse seu trono. Seu lugar de poder. Seu conforto. Sua mordomia. Seus serviçais. Seus castiçais.

E era esse o combinado. Não haveria nem como reclamar. Realizados todos os trabalhos, Hera nada teria a opor, com a garantia de Zeus, que Hércules assumisse o trono de Micenas. E o rei medroso sabia que ele, no mesmo dia, viria tirá-lo a tapa dali.

De qualquer maneira, temos aí mais um episódio concluído. A história do javali desajeitado, que caiu no buraco, feriu-se e foi carregado com todo o cuidado até ser entregue a Euristeu.

Aqui não pode haver surpresas. Tal seria não oferecer ao quarto trabalho um novo capítulo.

Capítulo 45
Como nos apetece

Olha, depois do leão, da Hidra e do javali, a tarefa de Hércules muda muito de figura. Provavelmente exigindo dele competências que transcendam a força bruta.

É Euristeu quem anuncia. Quem mais haveria de ser?

Hércules teria que capturar vivo um cervo fêmea. Uma corça incrivelmente veloz. Que corria com assombrosa rapidez sem se cansar. Com incrível agilidade e enorme sutileza. E que tinha chifres de ouro e cascos ou pés de bronze.

Era conhecida por corça de Cerineia ou corça cerinita porque habitava o Monte Cerineu. Dizem as más línguas que a corça era na verdade uma ninfa, a ninfa Taigete, que, para fugir à perseguição de Zeus, fora transformada naquele lindo, ou mesmo magnífico e delicado animal.

Esse Zeus, viu! Não podia ver um rabo de saia que não sossegava enquanto não seduzisse sua dona.

Voltando a Hércules.

A corça em questão se deslocava com tamanha rapidez que ele tinha imensa dificuldade de segui-la. Como dissemos, nada a ver com a truculência do javali, da Hidra ou do leão.

Durante meses e meses — há quem diga que a caçada durou um ano inteiro — Hércules percorreu planícies, escalou montanhas, vales, atravessou rios, mares, por todos os rincões da Grécia.

Sua presa mostrava-se temerosa, receosa, mas extremamente astuta, graciosa e leve. Depois de todo esse tempo de fuga, ela decidiu voltar para casa, buscando refúgio no Monte Artemísio.

Hércules não conseguiria nunca rivalizar com ela em agilidade e rapidez. Carecia de uma leveza que não combinava com sua natureza.

Ao cabo de um ano, no entanto, Hércules teria surpreendido a danada em sono profundo.

Haverá quem conte diferente. Que fora durante a travessia de um rio, o Ladão. Por conta da correnteza a corça perdera sua velocidade.

Hércules então a teria apanhado com enorme delicadeza pelas patas. Enquanto ela, já presa, olhava para ele em terror. Alguns narradores mencionam que nosso herói a teria flechado de raspão sem feri-la gravemente, mas o suficiente para inviabilizar a sua fuga.

Hércules queria apenas aprisioná-la, amarrá-la, e de modo muito delicado, para não a machucar. Ele, então, segurou as suas patas, imobilizando aquele animal tão dócil.

Hércules, de posse de sua delicada presa, começa seu retorno para o reino de Euristeu.

Imerso em suas elucubrações e já antecipando a próxima tarefa, Hércules é chamado por uma voz feminina e firme.

— Ei, você aí, estrangeiro, como se atreve a tocar nesse animal sagrado?

Tomado de surpresa, Hércules dá meia-volta e se vê, frente a frente, com uma mulher magnífica. Embora não a reconhecesse no primeiro relance, não duvidou tratar-se de uma deusa.

Era a deusa Ártemis! E estava acompanhada a distância pelo deus Apolo. Querido leitor, doce leitora. Pode imaginar, assim, do nada, uma abordagem desse quilate? Ártemis e Apolo. Meu Deus! Ou melhor, meus deuses!

Hércules, estupefato, cai de joelho aos seus pés.

— Eu te suplico, deusa Ártemis. Por favor, compreenda-me! Trata-se de uma ordem de meu primo Euristeu. Eu não posso desobedecê-lo. É por intermédio desses trabalhos que eu consigo a expiação dos meus males, que eu me purifico. Eis porque estou dominando esse delicado animal que tenho em minhas mãos.

Ártemis então responde, surpreendida:

— Ah! Então é você? É você o famoso Hércules? De quem todos falam nos quatro cantos da Grécia? Estamos sabendo que você está comendo o pão que o diabo amassou por conta do ciúme enlouquecido de Hera, mulher de Zeus.

Hércules não imaginava que aquela deusa tão bela poderia estar a par da sua situação.

234 • OS DOZE TRABALHOS DE HÉRCULES

Ele procurava disfarçar como podia a tremenda emoção que sentia. Afinal de contas, Hércules estava a metros de uma de suas irmãs. Sim, isso mesmo. Sua irmã. Porque Ártemis também era filha de Zeus.

Hércules queria tanto conversar com a irmã, queria fazer-lhe tantas perguntas, sobre a família, sobre Zeus, sobre a vida no Olimpo.

Mas Ártemis não parecia querer muita conversa. E disse, de modo meio seco, a Hércules:

— Leve o animal a Euristeu. Assim que ele constatar a sua proeza, comprovar a sua façanha, devolva o animal vivo, intocado, aqui mesmo no bosque.

E essas foram as suas últimas palavras. Com elas, a deusa simplesmente desapareceu.

Hércules obedeceu de modo estrito ao que fora determinado pela deusa. Levou a corça com extremo zelo até Euristeu e, em seguida, devolveu o animal ao bosque, no local indicado por Ártemis.

Hércules guardaria dessa quinta prova uma doce lembrança. De ter capturado, com a bênção e o beneplácito de Ártemis, sua irmã, aquela corça tão linda e tão delicada, de chifres de ouro e cascos de bronze.

E assim concluímos mais um capítulo. Este, sim, ameno, doce, feminino e lindo. Como tanto nos apetece.

DESAFIOS E REVELAÇÕES NO CAMINHO DO HERÓI

1. Reflexões pós-batalha: a astúcia além da força

Após as árduas batalhas, Hércules se senta à beira de um riacho, os músculos ainda latejando da luta contra a Hidra. Ele reflete sobre a importância da astúcia, não apenas da força bruta. "A verdadeira batalha se trava na mente antes de se manifestar no campo", ele pensa. Cada gota de suor, cada suspiro de exaustão, agora serve como um lembrete de que a sabedoria é tão vital quanto a força física no caminho de um herói.

2. Questionando os deuses: a injustiça divina

Hércules, com os olhos perdidos no infinito, questiona a justiça dos deuses. A aparição surpresa do caranguejo de Hera traz à tona dúvidas sobre a imparcialidade divina. "Por que os deuses brincam com nossos destinos?", ele murmura. Essa reflexão o leva a um caminho mais profundo de autoconhecimento, no qual começa a ver suas jornadas não como castigos, mas como oportunidades para crescer além das expectativas dos deuses.

3. A dor do crescimento: o peso da responsabilidade

Conforme o sol se põe, Hércules sente o peso de suas ações. Cada adversário vencido, cada monstro derrotado, é não apenas uma conquista, mas também um fardo de responsabilidade. Ele percebe que suas ações têm consequências, não só para ele, mas para o mundo ao seu redor. "O que significa ser um herói?", ele se pergunta, percebendo que cada vitória tem seu preço.

4. Encontro com o destino: aceitação e desafio

Durante uma noite estrelada, Hércules contempla as constelações e pensa sobre seu destino. Ele se lembra das palavras do oráculo de Delfos, que previu seu caminho árduo. Em vez de resistir, ele decide abraçar seu destino, mas com uma resolução firme: "Eu sou o mestre do meu destino, mesmo diante dos caprichos dos deuses".

Esse momento marca uma aceitação madura de seu papel no Universo.

5. O caminho à frente: preparação para novos desafios

Ao amanhecer, Hércules se levanta, fortalecido por suas reflexões. Ele entende que cada desafio superado é um degrau para o próximo. Com a mente e o corpo em harmonia, está pronto para enfrentar o que vier pela frente. "Que os deuses testemunhem o nascimento de um novo Hércules", ele declara, um herói não só de força, mas também de sabedoria e resiliência.

CAPÍTULO 46
CASTANHOLAS ENLOUQUECEM

— Leve a corça até Euristeu, exiba a sua presa e, assim que seu primo estiver convencido de que você realizou o trabalho, solte o bichinho no bosque, sem fazer nenhum mal a ele.

Foram as instruções da deusa Ártemis. Era tudo que Hércules queria fazer. Obedeceu-as, portanto, de muito bom grado. Hércules guardara para si, com ternura, uma lembrança muito feliz da corça ligeirinha e do encontro com sua irmã.

Esse traço de afetividade e ternura resulta das significativas transformações que nosso herói vem sofrendo ao longo dos últimos anos por viver em situações extremas o tempo todo.

* * *

Euristeu anunciou a próxima tarefa.

Hera parecia empenhada em propor desafios que não dependessem tanto de força. Tentando impedir que Hércules voltasse a usar seu principal recurso.

O lago Estínfale ficava na Arcádia. Nos últimos tempos, fora invadido por enormes aves. Em local tão favorável, elas se reproduziram rapidamente. Acabaram tomando conta do pedaço e devastando toda a produção agrícola da região.

Os agricultores estavam amedrontados, falidos e sem condições de trabalho. Desse modo, seria de todo conveniente para Euristeu, ante a necessidade de assegurar essa base de apoio político, tradicionalmente conservador, conseguir resolver esse problema das aves para seus correligionários.

Contam muitos que suas penas e seus bicos eram de bronze. Lógico que, quando falamos de mitos, tudo é possível. Mas, alçar voo com penas e bicos de bronze não devia ser a operação mais tranquila. Há quem apimente a coisa, assegurando que eram aves carnívoras e extremamente ferozes.

Bem, sem mais delongas, Euristeu indicou a Hércules que afugentasse todos aqueles pássaros, que já se contavam aos milhares, do lago Estínfale.

* * *

Nosso herói começou cauteloso, observando por longos períodos o comportamento dos pássaros.

Constatou que, quando chovia e havia trovões, esses últimos produziam um efeito bastante perturbador junto aos pássaros. Concluiu que essa fragilidade precisava ser explorada.

Os pássaros amedrontados perdiam a eficiência de trabalho em equipe. Os trovões tinham o efeito de desorganizar a ação integrada dos pássaros.

Hércules precisava controlar a fonte desse efeito perturbador. Não dava para contar com a próxima tormenta. Fez algumas tentativas com as suas armas, tentando reproduzir o ruído, sem sucesso.

Ao cabo de sucessivos fracassos, nosso herói ouviu, em momento de distração, uma voz. Dessas que parecem cochichar no interior do ouvido.

— Hércules, preste atenção. Você deve procurar artefatos de bronze — hoje fariam lembrar as castanholas da dança flamenca. Elas se encontram bem ali atrás. Foram produzidas por Hefesto, deus do fogo, e dispostas a alguns passos, para você se servir.

E a voz seguiu sussurrando:

— Eu sou Atena, deusa da sabedoria. Decidi te ajudar porque, se não o fizesse, você jamais conseguiria.

E concluiu:

— Às vezes é preciso pôr freios no ciúme de Hera.

O pobre do Hércules tentou identificar de onde vinha a voz, mas Atena já tinha se escafedido. De qualquer forma, não fora a primeira vez que um deus se abalara do Olimpo para ajudá-lo, dando sugestões e indicando caminhos. Ele acreditava que, por trás dessas iniciativas, estivesse sempre Zeus, seu pai.

Graças a Atena, uma luz surgiu.

Hércules foi atrás da solução do problema dos pássaros do lago. E fez exatamente como a deusa sugerira. Hefesto tinha fabricado aqueles instrumentos de bronze, as tais castanholas.

Com elas, Hércules tocou o terror naqueles pássaros. Era o equivalente ao efeito de mil trovões. As aves se viram desnorteadas. Sem referência alguma. Cada uma voando para onde apontava o bico. Acabaram abandonando o lago em desespero, para delírio de todos que acompanhavam a façanha.

* * *

Hércules, certo de ter realizado sua tarefa, voltou a Micenas. Era só relatar a Euristeu o que sucedera e tomar ciência da nova tarefa.

Mas quando Hércules chega ao reino do primo, encontra seu irmão, Íficles. Aquele que sempre o invejara.

Para surpresa do nosso herói, Íficles o recebe com toda a fidalguia e a cordialidade.

— Nossa, como eu estou feliz de te ver! Como eu estou contente de te encontrar!

Era mesmo incrível aquele acolhimento.

Mas, ao olhar no fundo dos olhos do irmão, Hércules percebeu de imediato que neles estava escrita outra coisa.

Quanto a Euristeu, esse parecia bem feliz. Além de ter resolvido o problema dos agricultores da região do lago Estínfale, dera-se conta de que, finalmente, teria um aliado bem humano contra Hércules. O próprio irmão deste.

Essa parceria lhe trazia uma sensação de alívio, de esperança, um conforto que há muito não sentia.

Já na recepção do herói, sentiu-se mais confiante, com a voz mais firme e menos titubeante.

Restava-lhe anunciar a próxima tarefa.

E para essa, você já sabe, a honraria de um novo capítulo.

Capítulo 47
"Merde!"

Deixamos leitoras e leitores com o amargo na boca. Euristeu e Íficles em jubilosa parceria. Um rei covarde, mas menos acuado. Um irmão invejoso, mas redimido pelo sofrimento de quem inveja.

* * *

Hércules, por sua vez, queria sair dali.

— Você me diz logo o que eu tenho que fazer. Não quero perder tempo algum.

Euristeu se vira para o primo e, com certa ironia confiante no olhar e um sorriso de meia boca, comunica:

— Quero que limpe as estrebarias do rei Áugias. E isso em um único dia. Eis a sua próxima tarefa.

* * *

Que humilhação!

Acompanhada de um sorriso infame, cortante e doloroso do irmão, que não escondia seu júbilo. Entregar na mão de Hércules uma tarefa que mesmo os escravos julgariam degradante. Semelhante ultraje só poderia fazer a alegria dos dois ressentidos

E olha que todo mundo na Grécia conhecia bem o rei Áugias. Tratava-se de um imundo. Injusta seria a comparação com qualquer suíno. Um indivíduo sujo dos pés à cabeça. Dizia-se que nos últimos trinta anos as tais estrebarias não conheceram faxina.

* * *

Rei Áugias. Não há consenso sobre sua origem. E as divergências são importantes. O entendimento dominante é que seja filho de Hélio, titã, deus do sol. Mas há também quem diga que o Hélio que gerou esse rei de pouca higiene seja outro, um rei com o mesmo nome. Essa é a versão proposta por Pausânias. Suponho que seja o mesmo que Platão trouxe ao seu *Banquete* para falar sobre Eros.

Finalmente, opção mais fantástica e interessante, Áugias seria filho de Poseidon. É o que propõe Apolodoro, também invocado por Platão.

Quanto à mãe, há mais concordância. A maternidade costuma trazer mais certezas. O nosso rei era filho de Nausidame. O que não nos ajuda muito. Porque sobre ela não há nada de fantástico que tenha merecido a atenção das nossas fontes.

* * *

Áugias era herdeiro de um imenso rebanho. Segundo muitos, o maior da Grécia em seu tempo. E, por conta de uma origem divina, suas cabeças não adoeciam, crescendo em número indefinidamente. Supomos que só morressem de velhice.

Como o rei, dono do rebanho, não era fã de práticas de higiene, a estrebaria desse imenso rebanho também era o maior centro de imundice de todo o país.

O mau cheiro dos estábulos invadia quilômetros ao redor. Sobre os currais, um enxame de moscas permanente chegava a obstruir a luz do sol. Vejam só. Justo ele, que para muitos era filho desse mesmo sol.

Todo mundo na Grécia conhecia a sujeira em que vivia Áugias.

* * *

Hércules encontraria esterco em profusão, esterco acumulado, esterco envelhecido, esterco ressecado. Sabia ser impossível limpar trinta anos de sujeira em uma única jornada.

Atravessou a Arcádia e, perto de chegar ao destino da sua próxima aventura, confirmou os seus piores pressentimentos.

As estrebarias estavam posicionadas no fundo de um vale.

Hércules preferiu manter-se no alto da colina, onde o vento afugentava o fedor e o ar era mais respirável. Dois rios banhavam esse vale. As estrebarias ficavam entre ambos. Como a Mesopotâmia, entre o Tigre e o Eufrates.

Nosso herói pensava em uma solução para agilizar a limpeza daquele lugar, do modo mais salubre possível.

No dia seguinte, ele compareceu ao palácio de Áugias. Isso significa que o dia da chegada não contava para a execução da tarefa. Tudo começaria, portanto, nessa visita ao rei.

Áugias o recebeu sem muitas formalidades. Tratava-se de um ancião. Deslocava-se com muita dificuldade. Era obeso e, ele próprio, sem nenhuma higiene.

O rei então confirmou que adoraria ter suas estrebarias limpas. Mas entendia que a sujeira era tanta que não seria possível realizar a tarefa em uma única jornada, como propunha Hércules. Argumentou que nosso herói não tinha ideia do montante de sujeira e que a pretensão de acabar tudo em um só dia era ridícula.

Hércules ponderou que isso seria um problema que ele resolveria do seu jeito. Com o que Áugias concordou, não sem desdenhar das chances de êxito.

O rei pediu a Hércules que o avisasse quando do começo da faxina, para que ele comparecesse e observasse o procedimento sobrenatural que garantiria a realização daquela façanha. O tom de Áugias era mesmo de deboche.

Nosso herói não gostou nada daquelas ironias. Mas tinha se tornado, nos últimos tempos, um exímio engolidor de sapos. Aplacou a sua raiva, pediu licença e informou que se poria a trabalhar imediatamente.

Depois de ter observado com atenção o cenário do alto, Hércules decidiu cavar dois gigantescos buracos no interior das estrebarias. Esse procedimento aumentou ainda mais a curiosidade de todos. Nosso herói, que era bem conhecido, tornou-se uma autêntica atração turística.

De fato. Se ele tinha que limpar tudo em um dia, como podia se permitir perder um tempo enorme na escavação daquelas duas gigantescas crateras que pareciam a todos completamente inúteis?

Ninguém via o sentido daquele procedimento. O rei, que já se divertia com todo o inusitado daqueles acontecimentos, agora mesmo é que convocava toda a população para um escárnio coletivo.

* * *

O plano de Hércules era mudar o curso dos dois rios. Eis a razão daqueles dois buracos tão fundos. Eram como valetas por onde as águas de ambos os rios teriam que passar. Com esse novo fluxo das águas passando no interior da estrebaria, Hércules aproveitaria a força natural da correnteza para escoar toda a sujeira ali acumulada.

Quando finalmente todos se deram conta de qual era a estratégia, passaram a admirar a astúcia e a força de Hércules na escavação. Realizava sozinho o que dezenas de homens não conseguiriam fazer em tempo equivalente.

Hércules se deu conta de que a mão que ora aplaude é a mesma que há instantes apedrejava. Aqueles que agora cultuavam seus atributos em admiração e sem pudor eram os mesmos que, minutos atrás, o ridicularizavam.

Em pouco tempo a fossa estava cavada. A água prontamente ganhou um novo percurso. Um novo leito lhe havia sido oferecido. E com a força que só a natureza tem, o rio foi levando, no peito e na raça, tudo que encontrava pela frente.

As águas se infiltraram por todos os cantos da estrebaria, levando com elas toda a sua sujeira. Aquela mesma sujeira que, até minutos atrás, parecia irremovível seria levada pelas águas do rio até o mar.

A multidão não acreditava no que estava vendo. Aplaudiam todos, maravilhados, encantados, tomados pelo júbilo. E aceitavam, de bom grado, que haviam se precipitado em antecipar o fracasso do herói.

Mas quando toda a região tomou ciência do feito e acudiu ao local da façanha para saudá-lo, Hércules, avesso a louros e adulações fáceis, já dera por concluída a tarefa e partira às escondidas para Micenas.

Imundo da sujeira das estrebarias do rei Áugias, achou por bem tomar um banho, antes de anunciar, ao estúpido primo, o seu sucesso.

Hércules não podia deixar de pensar.

Ele limpara as estrebarias tão rapidamente quanto aqueles imbecis tardaram para mudar de ideia sobre ele.

Resta abrir novo capítulo. Aproveitemos o intervalo para uma ducha, que tal? Refrescante, se houver calor. Quentinha para os friorentos. Prazerosa para todos. Porque uma aventura, novinha em folha, pede passagem.

CAPÍTULO 48
ILHA DOS CHIFRES

Hércules limpou as estrebarias do rei. Livrou-se daquela sujeira de trinta anos, graças à astúcia de ter mudado o curso do rio. O novo fluxo das águas levou consigo todo tipo de estrume em direção ao mar.

* * *

Euristeu tentava de todos os modos afastar Hércules de Micenas. Não suportava as vitórias sucessivas de Hércules, seu primo e pretendente a seu trono.

Aquela gincana, neste momento da narrativa, já avançava por uma década.

Sempre instruído por Hera, Euristeu imaginou que o Touro de Creta seria o maior dos inimigos. Um adversário invicto até então. Com recursos sofisticados e uma potência sem par.

O Touro, o famoso Touro, o famosíssimo Touro de Creta, do qual talvez você já tenha ouvido falar.

Então vamos rapidamente contar essa história magnífica.

* * *

Minos era o rei de Creta. Ele prometeu a Poseidon, deus dos mares, deus dos oceanos, das águas profundas, entregar-lhe em sacrifício tudo que saísse dos mares.

Sabe dessas promessas que fazemos quando estamos angustiados e solicitamos ajuda extra de alguma divindade? Subimos longas escadas de joelhos, ajudamos instituições de caridade, não comemos alguma iguaria que nos apetece por um longo período, fazemos abstinência, castidade etc.

Então, Minos prometeu entregar a Poseidon tudo que viesse dos mares.

Muito cá entre nós, uma promessa pra lá de esquisita. Afinal, pensem comigo, leitora e leitor. O que pode vir dos mares de tão precioso em épocas tão primitivas?

Pergunto se essa promessa incluía o resultado da pesca local. Aí, sim. Mas esse tipo de promessa continua estranho. Para que os pescadores levantariam cedo para pescar se teriam que devolver a Poseidon, isto é, ao mar aquilo que pescaram?

Hoje em dia, o petróleo, por exemplo, poderia representar uma grande dádiva. Mas em tempos do rei Minos, não vejo a que ele poderia estar fazendo referência.

O que dizem os narradores é que o rei Minos prometia devolver a Poseidon tudo que lhe pertencia.

Sendo Creta uma pequena ilha do Mediterrâneo, nada mais estratégico do que manter ótimas relações com o deus dos mares. Caso esse venha a se aborrecer, pode causar danos incalculáveis de circulação, aniquilando qualquer comércio, estrangulando economicamente a ilha.

* * *

Eis que, para colocar pimenta nessa promessa de meia pataca, surge de dentro do mar um magnífico touro. Um touro maravilhoso, lindíssimo, impressionante, como nunca se havia visto igual em toda a ilha.

E o rei Minos pensou com seus botões dourados:

— Ah! Mas esse touro, esse touro específico eu queria pra mim. Esse touro cairia feito uma luva no meu rebanho. Eis o reprodutor dos meus sonhos. Esse touro tem que ficar comigo.

E, então, matreiramente, malandro que era, decidiu trocar aquele touro proveniente dos mares por outro, digamos, menos exuberante. E oferecer esse último a Poseidon. No final, touro por touro, são todos meio parecidos.

E depois, vamos combinar, um deus como Poseidon não haveria de perder tempo em ficar conferindo se o touro oferecido em sacrifício era exatamente o mesmo que surgira do mar nas praias de Creta.

* * *

Ocorre que, como dizia o grande Sargento Belizário, os entes não são deuses por acaso. Poseidon não era tonto. Não poderia ser tonto. Era braço direito de Zeus. Vitorioso na guerra dos deuses contra os titãs.

Na hora em que Poseidon recebeu de Mino o touro em sacrifício, ele se deu conta, num relance só, de que não era o touro que lhe pertencia. Que não era o animal que deveria ser entregue em sacrifício.

Então Poseidon resolveu se vingar de Minos.

E aqui vai uma curiosidade. Na mitologia, quando alguém pisa na bola com alguém, o troco quase sempre tem a ver diretamente com a pisada de bola.

Eles pagam sempre em moedas de mesmo tipo. Quem com touro fere, com touro será ferido.

Então Poseidon se vingou do rei duas vezes. No plano privado e no plano político.

Em primeiro lugar, fez o touro seduzir sua esposa, a rainha Pasífae. Essa foi a primeira vingança. E não deu outra. O touro fez seu trabalho com enorme eficácia.

A rainha ficou apaixonada nos quatro pneus pelo touro. Pensava nele 24 horas por dia. Não mais conseguia ter intimidades com o rei. Sequer dele se aproximar. Tinha nojo de sua fragilidade. Em resumo: a rainha Pasífae ficou enlouquecida pelo touro.

E como se não bastasse essa avilta de humilhação, a segunda vingança não tardou. Poseidon tornou o touro um animal furioso, que promoveu destruição e desgraça em todo o reino de Creta.

Olha que loucura! Primeiro o touro seduziu a rainha, depois desgraçou todo o reino. Isso tudo porque Minos quis dar um pequeno golpe em Poseidon. Coisa de uma cabeça de gado. De um touro pelo outro. Pelo amor de Poseidon. Uma cabeça de touro e chifres para todo lado.

E não ficou por aí.

O tal touro lindo e sedutor acabou engravidando a rainha. Essa cópula só foi possível por conta da intervenção de Dédalo e Ícaro, seu filho e assistente. Fabricaram uma vaca de madeira exuberante. No seu interior, a rainha se instalou em posição de motovelocidade. E desse modo, o touro cobriu a vaca (de madeira) da rainha.

Dessa união nasceu o Minotauro. Criatura meio humana, meio taurina.

O rei acabou desgostoso. Achou que o rebento da rainha não era assim tão parecido com ele. E acabou condenando o Minotauro ao labirinto, também elaborado por Dédalo. Local de onde nenhum vivente conseguiria sair.

* * *

Além de ter deixado para Minos um príncipe herdeiro, o touro, não satisfeito, começou a pôr terror em Creta. A destruir o que via pela frente. E a ilha não era tão grande assim, ante aquele vigor exacerbado.

É esse o cenário que espera por Hércules.

Na hora do olho no olho, Hércules gritava provocando o touro para avisá-lo que ali tinha coragem. Uma tourada sem lenço vermelho. Sem arena. Sem forças de segurança.

Em Portugal, a tourada é diferente da espanhola. O touro corre, e o toureiro o aguarda em posição.

Quando o animal se aproxima, ele procura instalar seu tronco em meio aos chifres, agarrando-se, em seguida, ao seu pescoço. A partir daí, quem puder mais chorará menos.

E foi mais ou menos o que aconteceu com Hércules. Agarrou-se ao pescoço do touro e o asfixiou. Com cuidado para não o matar. Porque era preciso entregá-lo vivo a Euristeu, seu primo asqueroso, que engolia façanha atrás de façanha e regurgitava a cada retorno vitorioso do herói.

Capítulo 49
EL LIBERTADOR
DE LOS BURROS

Hércules limpou a estrebaria. Lutou contra o Touro de Creta. Foi arremessado para cima e para baixo pelo touro. Acabou estrangulando o infeliz. Entregou-o a Euristeu, que não sabia o que fazer com aquilo. O rei tentou empurrar o touro para Hera, que o ignorou.

— O que eu faço com esse touro que destrói tudo por onde passa? De quem foi a ideia de trazer esse bicho vivo para casa?

Como podem ver, querida leitora, estimado leitor, tédio não há. E confusão não falta.

* * *

Euristeu comunicou a Hércules o próximo trabalho. Trazer para Micenas os jumentos de Diomedes da Trácia. Alguns dizem Diómedes.

Diomedes era um homem cruel, crudelíssimo. Adestrou quatro jumentos para se alimentarem de carne humana. Alguns narradores falam em cavalos. Outros ainda em éguas. Fiquemos com jumentos. Por se tratar da alternativa mais improvável, mas também a mais simpática.

Então, foi isso mesmo que a leitora e o leitor leram.

Diomedes adestrou os jumentos a se alimentarem de carne humana. Comiam em manjedouras de bronze. Os estrangeiros desavisados que chegavam por ali, nas famosas estrebarias dos jumentos, eram simplesmente devorados.

Os jumentos tinham manjedouras de bronze, e Hércules, quando chegou a Trácia, foi logo ver do que se tratava o tamanho do enrosco.

Para realizar uma primeira inspeção, Hércules escondeu-se uma noite na estrebaria, em boa posição para ver como se comportavam os tais animais.

Eram de fato lindos. Mas de uma beleza monstruosa, enlouquecedora, de uma beleza odiosa. Eles bufavam e de suas narinas saía uma espécie de respirar incendiado, um ar quentíssimo.

Seus olhos impressionavam demais porque eram olhos de sangue. Vasculhavam por todos os cantos pelo que lhes poderia matar a fome, carne humana. E pareciam muito esfomeados.

Eis que alguns capatazes chegaram, com uns dez homens capturados, algemados. Os homens gritavam, suplicando que não fossem entregues aos jumentos. Os capatazes, como se fossem surdos, ignoravam as súplicas. Eles tinham uma espécie de olhar vazio. Desalmado. Comportavam-se como autênticos robôs.

Hércules até então ainda não tinha entendido muito bem como as coisas se passariam. Até que um dos algemados foi jogado para o primeiro jumento.

E então, cheio de terror, viu os jumentos devorarem o homem vivo em questão de minutos. Aquele homem teve os ossos triturados nas bocas dos jumentos, que não desperdiçavam nada. Dos cabelos aos calos dos pés.

Aterrorizado, nosso herói saiu de seu esconderijo para impedir o massacre dos demais. Os serviçais, capatazes, ofereceram resistência. Eles gritaram para que outros viessem ajudá-los. Hércules não podia impedi-los de gritar; eram sete, e brigadores.

Eles sabiam se defender. E logo outros mais a eles se juntaram. Em meio a essa luta entre Hércules e os capatazes, nosso herói se vê a poucos centímetros da boca de um jumento, que estava ali à espreita para devorá-lo. Bastaria uma mordida, uma fechada de boca, para destroçá-lo.

Eis que Diomedes, ele mesmo, foi ver o que estava acontecendo. Diomedes apareceu na porta da estrebaria. De longe, atirou uma flecha contra Hércules. Essa flecha o atingiu nas costas. Foi a pele do leão de Nemeia, que Hércules sempre usava nos seus trabalhos, a salvá-lo, impedindo que fosse traspassado.

Ao mesmo tempo da flechada, dois capatazes tentavam estrangular a sua garganta.

Com um movimento brusco, nosso herói aproximou os dois agressores da boca do tal jumento que estava na iminência de devorá-lo. E o jumento os devorou. Ambos gritavam desesperados. Triturados por uma boca que era uma máquina de despedaçar.

* * *

Diomedes lançou mão de uma espada gigante e estava a ponto de lhe arrancar a cabeça fora.

Hércules, furioso, num último esforço, pegou-o por uma de suas mãos e o empurrou. Jogou-o brutal e violentamente na manjedoura de bronze.

Nossa!

Quando os jumentos viram Diomedes na sua manjedoura, meu amigo, foram os quatros para cima dele. Em um segundo deram cabo dele. Não sobrou nada.

Nesse momento, para surpresa, espanto e estupefação de Hércules, todos os capatazes se ajoelharam. Prostraram-se diante dele. Nosso herói os havia liberado daquela tirania. O libertador, o emancipador de um grilhão que durava décadas.

Hércules, doravante, tinha os capatazes do seu lado. Mas ainda lhe faltava conduzir os jumentos vivos até Euristeu.

O mais surpreendente estava por vir. Os jumentos, depois de devorarem seu adestrador, tornaram-se o oposto do que eram. Mais dóceis que qualquer outro animal. Hércules experimentou até montar num deles. O jumento não só permitiu, como também se ajoelhou para facilitar a montaria. Não foi nada difícil conduzi-los a Micenas.

Euristeu, que conhecia a fama dos jumentos, ao vê-los chegarem trotando, conduzidos por Hércules como se fossem integrantes de um carrossel infantil, não podia crer em seus olhos. Seu ódio pelo primo transbordava todos os castiçais do palácio.

Deixemo-lo urdindo em fel. E aproveitemos para concluir este capítulo.

CAPÍTULO 50
CINTO MUITO

Querido editor, querida editora. Deixe esse cinto com a letra *c* mesmo. Não se apresse a tomá-lo por erro ortográfico.

* * *

E não é que Hércules deu um jeito nos jumentos! Os jumentos que eram tão lindos, mas tão violentos, tornaram-se animais de grande docilidade.

* * *

Hora de ouvir o que Euristeu tinha a dizer.

Claramente incomodado com os sucessos de Hércules, irritado mesmo, pistola da vida, ele toma a palavra sem conseguir dissimular o ódio crescente pelo primo.

— A minha filha Admeta sonha com um adorno que esteja à altura da sua beleza.

Hércules, então, pela primeira vez, reparou na tal Admeta, e quase deu uma gargalhada que poria tudo a perder. Nosso herói não concordou em absoluto com a avaliação do capital estético da moça feita pelo pai.

Euristeu prosseguiu:

— Quero oferecer à minha filha uma coisa que ela sempre quis, sempre sonhou possuir. Você deve trazer, para eu lhe dar de presente, o cinto da rainha das amazonas. Isso mesmo que você ouviu. O cinto da rainha das amazonas.

Hércules, estupefato com a natureza da sua tarefa, muito diferente das tarefas até então propostas por Euristeu, vira as costas sem dizer nada.

Nosso herói deixou Micenas, como sempre, um pouco ressabiado. Não tinha ideia do tamanho do abacaxi que teria de descascar. Sobretudo uma tarefa como essa, aparentemente tão fácil de ser realizada.

Hércules achou melhor reunir um grupo de colegas para ajudá-lo. A exigência de realizar os trabalhos sozinho tinha sido aparentemente revogada.

* * *

A fama das amazonas era a de guerreiras ferozes, extremamente aguerridas. Muito mais sanguinárias e violentas que qualquer tipo de batalhão masculino.

Muito bem, um dos amigos, Thermodon, posicionou-se nas imediações da cidade de Temiscira, onde estava situado o quartel-general das amazonas, a sua residência real.

Hércules não tinha ideia de como abordá-las, como se apresentar a elas, como revelar-lhes o que viera buscar. Em suma, não tinha ideia de nada a respeito do seu trabalho.

Para sua grande surpresa, a própria Hipólita, a rainha das amazonas, ela mesma, foi ao seu encontro. Olha que espanto!

Ele nem precisara vencer aquela timidez, aquela dificuldade habitual de interagir com desconhecidos. Ela já quebrara o gelo.

Ela diz a Hércules que já conhecia todas as suas façanhas. E que era uma honra para ela recebê-lo e tê-lo em sua casa.

Hércules ficou desarmado com a diplomacia, a fidalguia, a elegância da rainha das amazonas. Mas também encantado, fascinado, atraído e seduzido pela sua extraordinária beleza.

Ele a observou em minúcia. Estava usando uma túnica maravilhosa, e essa túnica estava como que presa pelo famoso cinto. Cinto que era o objetivo da sua viagem. Cinto que terminaria na cintura da filha pálida e esquálida do flibusteiro do seu primo Euristeu.

Então era isto: aquela mulher maravilhosa, agradável, simpática, sorridente, meiga, linda, estava usando o cinto que ele tinha que levar para Micenas.

Tarefa complicada. Como tomar posse daquele cinto? Como agir indignamente com alguém que se mostrara tão acolhedora? Ou então, como simplesmente pedir àquela mulher tão espetacular o seu cinto? Como revelar-lhe que estava ali só por causa da porcaria de um cinto?

Em meio a essas conjecturas, Hipólita perguntou a Hércules o que ele estava fazendo ali.

E, claro, nosso herói não sabia o que responder. Ele ficou tão desarvorado que acabou por confessar que estava sob as ordens de Euristeu. E Euristeu lhe instruíra a levar para casa o cinto que ela estava usando.

Disse também que ele estava muito constrangido com aquilo. Que, por ele, não levaria cinto nenhum. Que jamais lhe pediria semelhante coisa. Que não era para ele. Que não sabia onde enfiar a cara. Que estava muito envergonhado de ter que fazer aquilo. Que, por ele, apenas pediria que ela tirasse o cinto para desnudá-la. E que ele obviamente não queria fazer isso, não queria pedir, não queria nada disso, não era para ele.

Ante tanta sinceridade, a rainha das amazonas deu uma gostosa gargalhada. E, sem dizer nada, desamarrou o cinto, ali mesmo na frente de Hércules, e o estendeu com um sorriso nos lábios.

Como quem diz:

Era só por causa disso aqui? Ah! Tome, pode pegar.

Nossa! Aí, sim, que Hércules ficou desconcertado de vez. Por outro lado, fora a prova mais agradável que ele realizara na vida.

* * *

Tudo parecia caminhar para um final irretocável. Feito novela antiga.

Mas, do alto do Olimpo, Hera observa. Assume a aparência de uma amazona e se instala em meio às demais guerreiras.

Fazendo-se de fiel à líder, informa as demais que Hércules planeja sequestrar a rainha. Que esse seria o seu trabalho. A façanha da vez.

As amazonas, alarmadas e revoltadas, muniram-se das suas armas e se precipitaram na direção daquele casal em *crush*.

No preciso instante em que Hércules agradecia à rainha pelo precioso presente, com um afetuoso abraço, uma das amazonas disparou contra o nosso herói.

A primeira coisa que lhe veio à mente foi que fora vítima de uma emboscada. Traição da qual a rainha estivesse ciente ou quiçá fosse a mentora. Mas sua hipótese mostrou-se falsa em segundos.

Hipólita, num piscar de olhos, colocou-se na frente de Hércules, para protegê-lo. E foi ela, Hipólita, a receber as flechas, disparadas por suas súditas na direção certeira do nosso herói.

Enlouquecido, Hércules pega a sua espada e trava uma batalha feroz contra as outras amazonas.

* * *

Hera, já se evadindo, sorria satisfeita. Afinal, a mulher alvejada e morta houvera em vida conquistado o coração de Hércules. E este, naquele momento de batalha, sangrava em corpo e alma pela perda atroz do seu mais recente amor. Ela era bela, doce, meiga, carinhosa, adorável, encantadora...

Por quê?

Por quê? Se meu destino é limpar o mundo dos ignorantes e dos arrogantes, dos desmesurados que vivem fora da ordem de Zeus, por que mais morte de gente tão boa, tão boa, boa demais da conta. Por quê?

Hora de tomar um café. O meu vou preparar com um pouco de leite. Bem quente. Mais para escuro. E vou adoçá-lo com esses adoçantes tão criticados por quem não quer morrer.

Ah, eu ia me esquecendo. O cinto ficara com ele. Para entregar ao crápula. A filha deste ficará feliz.

A SUPERAÇÃO DE HÉRCULES: LIÇÕES DE FORÇA E SABEDORIA

1. O poder da estratégia além da força

Hércules, em sua jornada no lago Estínfalo, nos ensina que a verdadeira força reside na combinação da força física com a astúcia mental. Muitas vezes, enfrentamos desafios que parecem insuperáveis, mas a chave para a vitória pode estar em uma abordagem inovadora e estratégica. Como Hércules, devemos aprender a usar nossa inteligência para complementar nossa força, transformando obstáculos aparentemente intransponíveis em oportunidades de crescimento e aprendizado.

2. Encarando os gigantes da vida

A batalha de Hércules com o Touro de Creta simboliza o enfrentamento dos "gigantes" em nossas vidas. Esses "gigantes" podem ser medos, dúvidas ou desafios que parecem maiores do que nós. A coragem de Hércules nos inspira a encarar nossos problemas de frente, utilizando nossa força interior para superar o que nos amedronta e nos impede de avançar.

3. Libertando-se das amarras

Ao enfrentar os jumentos de Diomedes, Hércules nos mostra que muitas vezes somos prisioneiros de nossas próprias limitações e crenças. A transformação dos jumentos de ferozes a dóceis reflete como podemos mudar nossa realidade ao mudarmos nossa percepção e atitude. Quando nos libertamos das amarras que nós mesmos criamos, abrimos o caminho para o crescimento e a verdadeira liberdade.

4. A trágica beleza do amor e da perda

A história de Hércules e Hipólita é uma poderosa lembrança de que o amor e a perda são faces da mesma moeda. As experiências de amor e perda são universais e inevitáveis, moldando nosso caráter e nossa compreensão da vida. Hércules, ao perder Hipólita, nos ensina a importância de valorizar os momentos e as relações, pois eles podem ser efêmeros.

5. Reflexão sobre a natureza humana e a moralidade

Os desafios enfrentados por Hércules em sua jornada são mais do que testes físicos; eles são provas emocionais e morais. Esses desafios nos fazem questionar a justiça e a moralidade, tanto dos deuses quanto dos homens. Como Hércules, devemos buscar compreender a complexidade da natureza humana e aprender com as lições morais que cada experiência de vida nos oferece.

Conclusão

A jornada de Hércules, repleta de desafios e aprendizados, é um espelho para nossa própria jornada na vida. Cada desafio que enfrentamos nos molda e nos fortalece, ensinando-nos sobre nossa própria força, astúcia e humanidade. Como Hércules, devemos buscar o equilíbrio entre força e sabedoria, enfrentando a vida com coragem, inteligência e compaixão.

CAPÍTULO 51
CARNE DE PESCOÇO

Essa história da rainha das amazonas me deixou com o coração triste. Porque ela era realmente muito bela e muito do bem. Não sabemos exatamente a intensidade de seus sentimentos por Hércules. Tampouco quanto ele os correspondia. A ponto de cogitar tratar-se de uma cilada organizada por ela.

Mas quando aquela mulher, que ele abraçava, colocou-se na frente das flechas para que estas não o atingissem, ele entendeu com que tipo de pessoa muito elevada estava lidando. Capaz de abrir mão da própria vida para garantir a sobrevida de outro.

Hércules nunca mais a esquecera. Tampouco o que sentiu, em tão curto encontro.

* * *

Deixando as doces e tristes lembranças de lado, resta-nos voltar à vaca fria dos trabalhos e das tarefas. Compromisso assumido desde a capa deste livro e que teremos de honrar com sorriso nos lábios.

Assim, Euristeu mandou Hércules buscar mil bois que estavam causando transtornos. Esse rebanho pertencia a Gérion.

Ora, querida leitora, estimado leitor. Quando se pede para alguém buscar — seja lá o que for — que pertence a outrem, com quem não há relações, está solicitando um furto. E, como — quando se tratava de Hércules — a violência física era quase certa, o que Euristeu lhe pediu foi que roubasse o gado do seu dono. Simples assim.

Quando nosso herói se aproximou de onde estavam os bois, teve, logo de cara, que enfrentar Ortro, um cachorro horroroso com duas cabeças. Em seguida, coube-lhe medir forças e matar Eurítion, o pastor do tal rebanho, que viera se juntar a Ortro na luta.

Ele também teve que tomar conta dos mil bois. Esse "tomar conta" é o jeito curioso que muitos narradores usaram para dizer tomar posse. Tomar para si o que não era próprio.

Só mesmo no final, Hércules teve que enfrentar o dono do rebanho, Gérion.

Apresentando os acontecimentos desse modo, em tão poucas linhas, a doce leitora e o amável leitor terão a impressão de que tudo aconteceu em um ou dois dias. Pois acreditem: entre o momento em que Euristeu indicou o trabalho e o regresso com o rebanho passou-se mais de um ano.

* * *

Gérion era um gigante, extremamente violento. Tinha três cabeças. Era irmão de Equidna, um ser metade serpente, metade mulher. Ela gerou Ortro, o cão de duas cabeças que acabamos de mencionar.

Difícil não estranhar essa filiação. Uma criatura, metade mulher, metade serpente, gera um cão com duas cabeças. Trata-se de uma subversão genética que só encontra apoio na criatividade ilimitada dos grandes contadores de histórias.

Gérion era dono de um admirável rebanho. Suas rezes eram muito especiais. De cor avermelhada. Cobiçadas por muitos. A tarefa de Hércules era justamente roubar esse rebanho.

Esse rebanho era cuidado pelo pastor Eurítion e pelo cão Ortro. Pastavam próximo do rebanho de Hades, deus das profundezas da Terra. Hércules, ao chegar à Erítia, derrota Ortro com sua clava. Na sequência, bate o pastor Eurítion. Restava mesmo Gérion. A batalha foi renhida.

Gérion, apesar das três cabeças, não seria um adversário tão complicado quanto outros já enfrentados por Hércules nesta história.

Mas o seu apego pelo rebanho era tamanho que sua força e resistência se multiplicavam ao longo da luta. Tornou-se um osso duro de roer. Um adversário carne de três pescoços.

De fato. Gérion mostrou-se um contendor que não baixava a guarda, não desistia, não se intimidava, tornando a tarefa de Hércules muito mais complicada do que ele poderia supor.

A luta se deu às margens do rio Ântemo. E a vitória foi possível graças às flechas.

Outro aspecto curioso. A leitora e o leitor têm todo o direito de se perguntarem: como é que um homem tão forte vai resolver uma parada dessa com flechinhas? Justo Hércules, que já estrangulara, em seus trabalhos, leões e touros gigantescos e mitológicos a mãos limpas.

Pois é. Para alguns intérpretes, o uso de um artefato técnico para a luta — e decisivo para a vitória — é indicativo de uma sofisticação de recursos por parte do herói. Há quem diga também que o tempo foi passando, o poder de fogo dos músculos e dos punhos foi arrefecendo, e o aniquilamento dos adversários passou a requerer outras soluções.

De qualquer forma, o que nos interessa no fluxo dos acontecimentos é que Hércules trouxe o rebanho solicitado por Euristeu. A tarefa estava concluída. E, com ela, o capítulo também chega ao seu final. Restando-nos abrir um novo para as aventuras que estão por vir.

CAPÍTULO 52
AS MAÇÃS DO
FIM DO MUNDO

Gérion ficara para trás. Morto a flechadas por Hércules às margens do rio. O rebanho fora entregue a Euristeu. Que, por essas e outras, foi enriquecendo e resolvendo seus problemas mais prementes de governante. E, melhor, sem fazer nenhum esforço para isso.

Claro que, se Hércules continuasse tendo sucesso, tudo poderia escapar-lhe pelos dedos. Mas, por enquanto, era muito dinheiro no bolso e saúde para dar e vender.

* * *

A nova tarefa tinha a ver com maçãs. Mas essas eram de ouro. Novo furto, ou roubo, encomendado por Euristeu.

Eram frutos tidos como sagrados. Encontravam-se, supostamente, no famoso Jardim das Hespérides. Jardim esse que, embora falado e comentado por todos, ninguém sabia muito bem onde ficava. Desse modo, a primeira grande dificuldade seria encontrá-lo.

* * *

Hércules entrou em desespero. Não tinha a menor ideia de por onde começar a procurar. Tampouco de quem pudesse lhe indicar a direção. E menos ainda se o jardim existia de verdade e se as tais maçãs, de fato, lá se centravam. Nosso herói estava como muitas vezes me senti ao ler as questões de uma prova na escola. Sem ter noção de como começar.

E os problemas não acabam na localização do jardim.

Em se tratando de maçãs sagradas, se Hércules as roubasse, certamente despertaria a ira dos deuses, que não costumavam apreciar esse tipo de profanação. Como se não bastasse a poderosa Hera como desafeta, nosso herói, lançando mão das maçãs, cutucaria todas as outras onças do Olimpo com vara curtíssima. Ele certamente amealharia contra si outros inimigos divinos.

* * *

O que se dizia é que essas maçãs teriam sido dadas por Gaia, quando do casamento de Zeus, seu neto, com Hera. Você sabe que Gaia é uma deusa, a deusa Terra.

Só isso.

A leitora e o leitor podem com certeza imaginar o tamanho do desagrado que um eventual furto desse presente poderia despertar.

Dizia-se também que Hera tinha pelas maçãs um xodó absurdo. Um apego obsessivo. Ela as considerava lindíssimas. Tão especiais que solicitara que fossem plantadas em um lugar paradisíaco, situado no fim do mundo.

A cada novo parágrafo, a situação piora. Se Hércules consegue empreender o furto, as consequências podem vir a ser devastadoras. Se não consegue, também. Terá fracassado, tudo terá sido em vão, e adeus, trono de Micenas.

Esse negócio de fim do mundo costuma ficar longe. Ainda mais que no caso de deuses não sabemos bem se é o fim do nosso mundo ainda no interior de Gaia, ou se é em algum lugar de um mundo supraceleste. Nada se sabe. E Hércules, menos ainda.

E como a história das maçãs num único capítulo poderia inchá-lo demais e, por isso, adoecê-lo, melhor interrompermos neste ponto. É o tempo de um suquinho de caju natural, e retomamos em seguida.

CAPÍTULO 53
DEIXA O VÉIO QUIETO!

Tudo que Hércules sabia para a realização da próxima tarefa, nós também sabemos. Acabamos de ler no capítulo anterior.

As maçãs haviam sido presenteadas pela deusa Gaia, por ocasião do casamento de seu neto Zeus com Hera, sua mais que oficial esposa.

Estamos falando, querida leitora, interessado leitor, do casamento mais importante de toda a mitologia grega. Bem como do presente mais significativo de toda a festa.

Sabemos também que Hera prezava muito aquele presente de sua sogra. A ponto de mandar plantar as maçãs num lugar muito especial, o Jardim das Hespérides.

* * *

Então, Hércules não ia conseguir fazer nada se ele não se informasse sobre a localização desse jardim e o melhor caminho para lá chegar.

Na falta dessa informação e sem saber para onde ir, nosso herói decidiu, por pura intuição, ir em direção ao norte, tendo plena consciência de que poderia estar completamente equivocado.

Por onde Hércules passava, era reconhecido e saudado. Mas quando perguntava sobre o Jardim das Hespérides, todos logo desconversavam. Alguns com uma risadinha de deboche. Outros, mais respeitosos, simplesmente admitiam ignorar o que fora perguntado. Outros ainda olhavam com compaixão.

* * *

Seguindo adiante, nesse já conhecido jeito Hércules de avançar por avançar, acabou encontrando ninfas. As ninfas dos rios. E esse foi um raro golpe de sorte.

Sempre haverá quem diga que nada é por acaso. Que sorte não existe. Que tudo tem uma razão de ser. Talvez tenham razão. Sobretudo se olharmos tudo como um deus, de lá de cima. Mas para quem tem as limitações que são as nossas, não há mal nenhum chamar de acaso tudo aquilo cuja ocorrência seja causada pelo que não podemos identificar.

As ninfas eram filhas de Têmis e Zeus. Portanto, suas irmãs por parte de pai.

Têmis, meus queridos leitores e leitoras, era a deusa da Justiça. Chegou a ser companheira de Zeus. E este a engoliu. De modo que, como deuses não morrem, a Justiça deve estar em algum lugar no interior de Zeus até hoje.

As ninfas viviam em uma caverna. Eram bem jovens, muito divertidas e brincalhonas. Entravam e saíam das águas. Elas jogavam água, empurravam, montavam umas nas outras. Lembravam golfinhos se divertindo para a contemplação turística.

Coisa linda essas ninfas, eu suponho.

Estavam entretidas entre elas. E Hércules queria chamar sua atenção:

— Ei, por favor! Poderiam me dar uma informação?

E elas nem aí.

Quando, finalmente, repararam na sua presença, sugeriram que fosse até Nereu, um deus marinho. Os mares e oceanos têm mais de um deus. Nereu é um deles. Poseidon é outro, mais importante do que o primeiro.

Segundo as ninfas, Nereu era o único capaz de dizer onde ficava o tal jardim que abrigava as maçãs de ouro.

Hércules não estava levando muita fé na indicação das ninfas. Até porque elas não pararam de brincar um minuto enquanto falavam com ele. Tentaram até incluí-lo na brincadeira, transbordando o charme da jovialidade.

Mas não lhes deram a atenção que ele esperava. Não pareceram dar-se conta de com quem estavam a falar. Ele as tomou por egoístas e fúteis. Apesar da beleza da juventude e da alegria, elas se mostraram detestáveis aos olhos do nosso herói.

* * *

Por falta de opção, Hércules resolveu arriscar. Acabou indo atrás de Nereu e o encontrou agachado, acocorado em um rochedo.

A descrição feita pelas ninfas batia, em detalhes, com o que estava vendo. Passou a considerá-las mais depois disso. A levá-las mais a sério.

Claro que o que as ninfas anteciparam não indicava nenhuma grande surpresa. Como seria de imaginar, tratava-se de um deus com longa barba branca, que cobria quase que completamente o seu rosto envelhecido, um rosto marcado por rugas e pelo sol do mar. Um rosto de marinheiro. Fazia todo o sentido a descrição das ninfas.

Nereu estava tirando um cochilo. Hércules o observou assim, cochilando. Teve uma agradável sensação de estar diante de um sábio. De alguém com a alma tranquila, em paz consigo mesmo.

Mas nosso herói nunca foi muito paciente. Estava aborrecido com aquela tarefa, incomodado com o passar do tempo, e nem um pouco disposto a esperar que Nereu acordasse.

Então ele decidiu despertá-lo. Começou a cutucá-lo. Depois a sacolejá-lo pelos ombros.

Quando Nereu acordou, mostrou-se muito surpreso. Estupefato. E bastante aborrecido com semelhante indelicadeza. Ele se recusou a dar trela para Hércules.

— Estou aqui dormindo, e você vem me acordar de maneira agressiva. Não vou te responder nada, não vou te ajudar em nada. Aprenda a ser mais educado.

Hércules, então, deu-se conta da sua rudeza. Tinha pisado na bola, e feio. E pediu perdão.

— Me perdoe, por favor, por tê-lo perturbado, por tê-lo acordado com tamanha impaciência. É que faz semanas que estou indo de um lado para o outro, exausto, cansado e com fome, em busca de uma simples indicação, e ninguém pôde me ajudar até agora.

* * *

Nereu não desculpou de primeira. Parecia mais indignado que antes das desculpas. Bastou Hércules terminar de falar, que Nereu se transformou num touro e partiu para cima dele. Sim, esses deuses se convertem, em um instante, no que eles quiserem.

Vejam, leitores e leitoras, que roubada! Não lhe restou outra alternativa senão a de enfrentar o touro. E teve que usar todos os seus recursos para controlá-lo. Quando estava a ponto de amarrar as suas patas, eis que o touro se converte numa serpente.

Hércules quis pegar a serpente para estrangulá-la. Mas ela foi se enroscando em torno do braço e o apertou de tal maneira que o sangue já não mais passava. Lutava contra a serpente sentindo as forças minguarem.

Mas era Hércules. Contaria ainda com muitos recursos para manter aquela luta viva. Mas a serpente reassumiu a forma humana.

Nereu então lhe disse:

— Você é tão poderoso quanto dizem. Mas é arrogante e desastrado. Ainda assim, é herói de todas as crianças gregas. Pois muito bem, você encontrará o Jardim das Hespérides bem do lado do Monte Atlas, no mais distante limite do extremo Ocidente. Mas saiba que ninguém está autorizado a se aproximar da árvore das maçãs de ouro. Essa árvore é guardada por Ládon.

Hércules aproximou-se de Nereu para se despedir, ainda se desculpando por sua brutalidade, rudeza e ignorância. Mas o velho deus Nereu o ignorou e voltou a dormir.

Hércules, então, rumou para o Monte Atlas.

O capítulo já vai entrando em páginas. E o episódio não merece encurtamentos. Por isso, não vejo problema em abrir um capítulo novinho.

Capítulo 54
ABÓBORA CELESTE

— E agora, hein!? Realmente, essa gincana não tem fim. Para achar o tal jardim, tenho que ir até o Monte Atlas, no extremo confim do Oeste, passando pelo Monte Cáucaso; só isso!

* * *

E fazia frio, leitora e leitor aconchegados. Muito frio. Hércules avançava lentamente. E a vida ia tão de repente. Ele se enganchava, afundava na neve até o pescoço, mas devagar ia indo. Até que, de inopino, no cume de uma montanha, ele se deparou com um espetáculo medonho.

Uma ave de rapina comia o fígado de uma pessoa acorrentada no rochedo. Ao se aproximar, ele encontrou quem? Diga quem!

O grande Prometeu.

* * *

Você se lembra de que esses dois já tinham se cruzado. Foi no episódio dos centauros. Prometeu chegou no final e permitiu que o imortal Quíron, atingido por uma flecha envenenada e sofrendo atrozmente, pudesse morrer, transferindo para ele, Prometeu, a sua imortalidade.

Naquele episódio, Prometeu saiu por cima. Afinal, fora Hércules a alvejar mortalmente Quíron.

* * *

Mas aqui a situação se inverte. Prometeu fora acorrentado num rochedo. Era uma punição de Zeus pela ousadia de ter entregado aos humanos a astúcia e, consequentemente, as habilidades técnicas.

As aves de rapina devoravam seu fígado. E como tornara-se imortal, o seu fígado se regenerava indefinidamente, condenando-o a um sofrimento atroz e interminável.

Perceba, querido leitor e amável leitora. A situação de Prometeu nesse episódio é semelhante à de Quíron. Em ambos os casos, a imortalidade implicaria um sofrimento sem fim.

* * *

O espetáculo contemplado por Hércules era medonho de se ver.

Prometeu era gigantesco, e seu corpo amarrado no rochedo já chamava bastante a atenção. Mas um bicho imenso, com um bico enorme, devorava seu fígado com ele em vida. Desagradável, admita.

Hércules, num único impulso, dá uma flechada na ave que comia o fígado de Prometeu e dele se aproxima para libertá-lo.

Prometeu não acreditava no alívio daquela libertação. Mas foi logo advertindo Hércules:

— Velho! Valeu mesmo! Mas talvez você não devesse ter feito o que fez. Porque ao fazê-lo está desafiando uma sentença de Zeus.

Hércules, então, teve uma ideia. Perguntou a Prometeu quais eram exatamente os termos da sua condenação.

— Permanecer indefinidamente amarrado a um rochedo.

Ora. Vamos pegar uma pedrinha bem pequena e amarrá-la em torno do seu dedo. Desse modo, estará cumprindo a sentença de Zeus e, ao mesmo tempo, poderá seguir com menos sofrimento, levando uma vida normal.

Para alguns narradores, não foi propriamente no dedo, mas no punho que Hércules atou o pequeno pedregulho.

Assim, Prometeu teria que conservar aquela pulseira em qualquer situação. E tudo estaria resolvido da melhor maneira. Zeus não sairia desautorizado e Prometeu, que já sofrera bastante, poderia seguir a vida.

Hércules não tinha certeza sobre o que seu pai acharia de sua manobra para libertar Prometeu. Não sabia se aquela pirueta de quinta iria acalmar a cólera de Zeus ou agravá-la.

Porque, vamos combinar, trata-se de uma astúcia bem engraçadinha. De quem não está a levar muito a sério o sistema jurídico local. Nem o mais formalista dos juristas aceitaria uma solução como aquela, que desrespeitava tão escandalosamente a vontade do legislador.

Mas Hércules pensou:

"Poxa! Depois de ter combatido monstros, cobras, jumentos, touros, coisas, limpado estrebaria, tinha feito de tudo, eu acho que devo ter ganhado algum crédito, e serei tratado com alguma indulgência por meu pai."

* * *

Prometeu, encantado e muito agradecido por aquela libertação, resolveu aconselhar Hércules a não ir sozinho buscar as maçãs.

A sua sugestão foi que o nosso herói pedisse auxílio a Atlas.

* * *

Uma palavrinha sobre esse novo personagem. Trata-se de um titã. Portanto, um tio de Zeus. Que participou da guerra contra o sobrinho. Como perdeu a guerra, Zeus deu-lhe a incumbência de segurar para sempre a abóbada celeste. Quem manda se achar fortinho? Agora segura firme aí. Eternamente.

Lembro-me, em tempos de primário escolar, da primeira vez que ouvi o termo abóbada. Talvez fosse a celeste ou a de uma igreja. Mas, por ter ouvido mal, anotei no caderno abóbora. No caso de Atlas, tocava-lhe segurar para sempre a abóbora celeste.

Sem reclamar. Porque esse negócio de reclamar é para gente que não aprendeu direito a viver.

* * *

E assim se fez. De modo que, quando Hércules se aproximou de Atlas, ele se encontrava segurando a abóbora por cima dos ombros em posição claramente desconfortável.

Hércules disse:

— Oh, Atlas! Prometeu sugeriu que você me ajudasse a buscar as maçãs. Aquelas de ouro, plantadas no Jardim das Hespérides. Então, eu estava pensando, talvez você pudesse ir buscá-las em meu lugar.

Hércules chegou a supor que Atlas não fosse curtir a proposta. Quando estavam frente a frente, Hércules deu-se conta de que aquele titã era várias vezes maior do que ele. Nosso herói sentiu-se uma pulga.

Atlas de joelhos, segurando o céu nas costas, com a cara totalmente massacrada pelo sacrifício, ouviu, com atenção, a proposta de Hércules.

Hércules, para convencer o gigantesco interlocutor, fez a tentadora proposta:

— Se você quiser, eu seguro o céu enquanto você pega para mim as maçãs. Pense bem, para você é fácil por saber onde elas se encontram. E, nesse meio-tempo, descansa um pouco de carregar o céu.

A proposta era tentadora. E Atlas concordou de imediato. Enquanto se afastava lentamente para ir buscar as maçãs, nosso herói ainda suplicou:

— Volta logo, que eu não vou aguentar isso por muito tempo.

De fato, Hércules tinha se surpreendido com o peso imenso daquela abóbada. Tinha que fazer um esforço descomunal, segundo a segundo, para honrar seu compromisso. Não aguentaria de fato mais do que alguns minutos.

Quando Atlas desapareceu de suas vistas, Hércules se perguntou:

— Será que esse cara vai voltar? Nossa! Esse treco está quebrando meus ossos. Amanhã não vou conseguir nem andar. Acabo de me enfiar numa enrascada maior do que aquela em que me encontrava. E se esse cara tiver ido embora de vez e me largado aqui com esse negócio nas costas?

De fato. Por que Atlas voltaria? Se havia encontrado um trouxa para segurar o céu no seu lugar...

Hércules estava a ponto de sucumbir. Seu corpo queimava. Seus músculos rasgavam. Já estava maldizendo Prometeu, autor daquela sugestão infame, quando Atlas finalmente regressou. E trazia nas mãos três maravilhosas maçãs de ouro. Eram, de fato, sublimes.

* * *

Atlas, então, informou Hércules que levaria ele mesmo as maçãs a Euristeu. O maganão tinha pegado gosto pela leveza em que vivera nas últimas horas.

Hércules decidiu devolver-lhe a astúcia. E lhe respondeu:

— Está bem. Leve você. Segure só um tiquinho para eu colocar uma almofada entre essa abóbada e os meus ombros, que estão doloridos.

— Está bem — disse Atlas, condoído.

Quando Hércules se certificou de que Atlas tinha sobre si todo o peso do céu, lançou mão das maçãs, agradeceu muito e disse que se lembrara de que ele mesmo tinha que pessoalmente concluir a tarefa.

Hércules entregou as maçãs a Euristeu. Este, por sua vez, não poderia conservá-las. Seria uma ofensa gravíssima aos deuses. E atrairia a cólera de Hera e de todo o Olimpo sobre ele. Então, ele as devolveu a Hércules, que entendeu rapidamente as implicações de estar de posse daquele presente.

Por sorte, Atena, mais uma vez ela, prontificou--se a ajudar o nosso herói. Tratava-se agora de devolver as maçãs ao Jardim das Hespérides. De onde, aliás, elas nunca deveriam ter saído.

Hércules volta a Micenas para inteirar-se do trabalho seguinte.

E Atlas, fiquem tranquilos, leitores e leitoras, continua firme, cumprindo sua sentença de derrotado, a segurar essa gigantesca abóbora azul que tanto deve lhe pesar.

Fim de trabalho. Fim de capítulo. Fim de disposição para a leitura. Hora de procurar aquele saco de balas de leite que a tia Raimunda traz toda vez que te faz uma visita, desde que você era criança.

CAPÍTULO 55
COM CHAVE DE OURO

Hércules está chegando ao fim de suas tarefas. E nós, ao fim do nosso convívio. Mas ainda não é hora de dizer adeus. Afinal, consta que nosso herói terá que se ver com um cachorro chamado Cérbero.

Não pensem vocês, leitoras e leitores, que essa tarefa foi a última por acaso. Esse cachorro mostrou-se um estorvo de alta monta. E as condições desse enfrentamento foram pra lá de, digamos, especiais.

Hércules deixou Micenas. E como lhe era useiro, fê-lo de madrugada, chamando pouca atenção, sem se despedir muito. Nosso herói tinha a sensação recorrente, em começos de jornada, de que poderia não voltar. Por isso, evitava despedidas. Para não dar colo à tristeza.

Então ele caiu fora. Esgueirando-se. Pôs-se em marcha. Até que o sol se fez notar. E não tardou para ocupar espaços. O calor chegou junto. E a essa época de meio de ano na Grécia, tudo fervia. Grécia quarenta graus. Purgatório da beleza e do caos.

Mas Hércules avançava. Daquele seu jeito próprio de avançar pelo avançar. A despeito de tudo que pudesse obstá-lo.

Não havia muita gente exposta ao céu. Os que se atreviam, era em percursos curtíssimos. E logo procuravam alguma árvore com sombra, para tornar o instante menos inclemente. Havia alguma dificuldade para respirar.

* * *

E Hércules avançava. Sem cruzar com vivalma.

A sensação é de que o mundo tinha acabado. E não encontrar ninguém pelo caminho trazia grande silêncio. Um *noise cancelling* por falta mesmo de quem faça barulho. Também é eficaz.

E Hércules avançava. De braços dados com sua profunda solidão. Banhado pelo próprio suor e desalento. O calor se impunha como sensação master. Condenando toda outra percepção a um papel secundário no elenco dos afetos.

Hércules avançou sem parar até o pôr do sol. Com aquela obstinação e capacidade de suportar sacrifícios que eram seguramente muito maiores do que a sua tão reverenciada força.

* * *

A próxima tarefa de Hércules tem a ver com descer ao inferno. Para isso, encontrá-lo, sua entrada, seus caminhos. Como sempre, ele não tinha a princípio nenhuma indicação precisa das rotas possíveis.

Foram três dias e três noites, ziguezagueando sem saber o que fazer. Amedrontado. Cheio de conjecturas a respeito do que encontraria. A simples palavra "inferno" já lhe estimulava a imaginação mais perturbadora.

* * *

Exausto, sem saber o que fazer, indo a esmo, Hércules se senta e se dirige a Zeus.

Sabemos que Zeus é seu pai. Pai biológico. Da carne e do osso. E sempre esperamos que um pai não vá deixar um filho tão desamparado. Ainda que os deuses daquela época não fossem necessariamente pessoas do bem.

— Zeus, preciso da sua ajuda. Estou numa grande enrascada. Sozinho desta vez eu não vou conseguir. Ainda não terei dado provas de que posso ser um herói? Não terei feito o necessário para ser reconhecido como um herói? Não terei me submetido ao meu destino, tal como sentenciou o adivinho Tirésias? Por que era esse o seu desejo? Não terá algum fim essa tortura?

Enquanto ele clamava pela presença de Zeus, duas pessoas se aproximaram. Hércules, surpreso com a aproximação de alguém, só reconheceu os recém-chegados tardiamente. Hermes e Atena.

A resposta de Zeus fora imediata. Hércules não estava abandonado. Sentia-se mais protegido, mais seguro. Com o coração aquecido, apesar do calor.

Mas, logo depois do susto, Hércules pensou melhor:

"Se Zeus mandou Hermes e Atena, deuses de primeira linha, para me ajudar, é porque a tarefa que me toca realizar deve ser um angu de caroço sem solução. Se Zeus sabe do que sou capaz e, ainda assim, os mandou, é porque ele próprio avalia o tamanho do Everest."

Atena, que sempre curtiu um herói, olhava para Hércules com enorme atenção. Procurava identificar em Hércules todos os seus temores. E tudo que pudesse estar afligindo-o. Precisava tranquilizá-lo.

— Não tema. Estamos aqui. Vamos te ajudar. Estamos ao seu lado. Vai dar tudo certo. Levante-se daí e vamos para a briga. Quanto antes encarar o problema, antes o solucionará. E como esse é o último trabalho, vamos logo acabar com isso.

Puseram-se em rota para o inferno.

Não pensem, leitora e leitor, que chegaram em quinze minutos. Tampouco no dia seguinte. Ou no outro. A viagem levou muitos meses.

Foi preciso atravessar toda a Grécia. Chegar aos confins do mundo. E lá, onde o mundo encontra o seu limite, lá onde o mundo encontra a sua fronteira definitiva, aí é que começaram a chegar perto do destino.

O que vai acontecer a partir de agora merece atenção especial. Um novo capítulo urge e ulula.

AS LIÇÕES DE HÉRCULES PARA A VIDA MODERNA

Introdução

Em uma análise aprofundada dos últimos capítulos da jornada de Hércules, podemos extrair valiosas lições para a vida contemporânea. Clóvis, com sua perspectiva única, nos guia através dessas lições, mostrando como os desafios de Hércules refletem nossas próprias batalhas e como podemos aplicar seus ensinamentos em nosso cotidiano.

1. Sacrifício e altruísmo

A morte da rainha das Amazonas, Hipólita, protegendo Hércules, simboliza a importância do sacrifício e do altruísmo. Na vida, muitas vezes, precisamos colocar os interesses dos outros à frente dos nossos para alcançar um bem maior. Essa lição nos ensina sobre a força do amor e do sacrifício na construção de relacionamentos significativos e comunidades fortes.

2. Equilíbrio entre força e sabedoria

A busca de Hércules pelas maçãs do Jardim das Hespérides destaca a necessidade de equilibrar força e sabedoria. Na nossa vida, enfrentamos desafios que exigem mais do que mera força física; precisamos de inteligência e criatividade para encontrar soluções inovadoras e eficazes.

3. Coragem diante do desconhecido

A jornada de Hércules para encontrar o jardim desconhecido ressalta a importância da coragem diante do desconhecido. No mundo moderno, somos frequentemente confrontados com o medo do incerto. Encarar esses medos e avançar, apesar das incertezas, é crucial para o nosso crescimento pessoal e profissional.

4. O peso das escolhas e consequências

O encontro com Prometeu e Atlas simboliza o peso das escolhas e das consequências. Na vida, somos constantemente confrontados com decisões difíceis, cujos resultados podem ter implicações significativas. É fundamental ponderar as consequências de nossas ações e assumir a responsabilidade por elas.

5. Preparação e apoio para grandes desafios

Por fim, a preparação de Hércules para enfrentar Cérbero, com o apoio de Hermes e Atena, ilustra a importância de se preparar adequadamente para grandes desafios e de buscar apoio quando necessário. Na vida, não temos que enfrentar nossas batalhas sozinhos; buscar ajuda e orientação pode ser um passo crucial para superar obstáculos aparentemente insuperáveis.

Conclusão

As histórias de Hércules, embora antigas, oferecem percepções atemporais sobre a condição humana. Suas lutas e seus triunfos servem como metáforas para nossas próprias jornadas, ensinando-nos a enfrentar adversidades com coragem, sabedoria e integridade. Clóvis, ao interpretar esses episódios, nos inspira a aplicar essas lições em nossa vida diária, lembrando-nos de que, como Hércules, todos nós temos o potencial para superar nossos desafios e alcançar a grandeza.

Capítulo 56
Vai que é molezinha!

Pode ter demorado muito, mas acabaram chegando. Hermes foi o primeiro a identificar o local:

— Chegamos! — anunciou com visível alívio e algum entusiasmo.

Já era noite. Eles estavam diante de uma gruta. Aliás, uma gruta como qualquer outra. Havia milhares de grutas semelhantes nesse território rochoso da Grécia. Nada a distinguia das demais naquele relance. Muito menos alguma placa informando o caminho aos interessados.

Mas Hermes, com a certeza de quem não brinca em serviço, apontou para uma e disse:

— É por aqui!

Hermes é o deus da comunicação, deus da mensagem. Hermes também é um carteiro, um agente postal, um mensageiro. Não surpreende que incorpore um GPS poderosíssimo. Por isso, identificou aquela passagem sem maior dificuldade:

— *You have reached your destination.*

* * *

Hércules, com o coração na boca, foi se esgueirando em meio às pedras, seguindo seu irmãozinho. Atena tampouco desgrudava de ambos.

O caminho foi se tornando inóspito passo a passo. Mais difícil de atravessar a cada movimento. Um ar a cada segundo mais ralo. Menos saciador dos pulmões. Com a respiração severamente comprometida, foi preciso ir parando. Descansar a cada esforço.

Quando finalmente deixaram a gruta para trás, divisaram um grande lago, que não mostrava seu contorno, escondia suas margens.

Olha que loucura! Não havia outro jeito de atravessá-lo a não ser a nado.

Hércules e Hermes conservaram-se em silêncio. O primeiro já estava acostumado a situações de grande intimidação. Mas, não fosse pelo segundo, não teria encontrado seu destino de jeito nenhum. Teria passado batido, com certeza, pela discretíssima entrada de acesso ao inferno.

Do nada, surgiram ruídos de lamentos humanos. Em seguida, outros, de horror. Os três visitantes gelaram.

Ouvir gritos de desespero na porta do inferno faz todo o sentido. E eles estavam em busca do inferno. Portanto, deveriam estar aliviados porque a busca tinha sido bem-sucedida.

Concluíram que estar no inferno é ruim mesmo no caso de o ter buscado com obstinação. De fato. Existem êxitos que não alegram. Vitórias que não trazem júbilo.

* * *

O inferno parecia mesmo cercado de água por todos os lados. Como se fosse uma ilha.

Curioso. Não coincide com o imaginário mais recorrente. Pensa-se em fogo, brasa, mármore escaldante, coisas quentíssimas. Mas água não é o que vem à mente em primeiro lugar. Talvez fervente. Mas não era o caso.

O que viam era água estagnada, água de lago, água parada, água muito escura. Havia alguns fluxos com correnteza. Como se fossem rios. O cenário era muito esquisito e surpreendente.

Hermes identificou um desses rios, o Acheron.

— É o rio das dores.

E depois identificou o Estige. Foi quando informou Hércules sobre o andamento daquela expedição.

— No Estige, vamos te deixar. Quando lá chegarmos, você estará pronto para realizar a sua tarefa. Dali, Atena e eu regressamos.

Hércules olhou para Atena com jeito de súplica. Como quem diz:

— Me tira dessa, deusa adorada! Eu não quero ir para o mundo dos mortos! Devolva-me, por piedade, ao mundo dos vivos! Vamos voltar juntos, que tal?

Hércules se sentia desprotegido, desamparado. Parecia se lembrar dos tempos de criança, quando tinha medo do escuro. Ali tudo parecia muito escuro.

* * *

Atena, percebendo a angústia de Hércules, cochichou-lhe, para que só ele ouvisse:

— Quando você estiver diante de Cérbero, lembre-se do leão de Meneia. Cérbero não é um adversário mais difícil. Claro que o lugar da briga é desagradável. É o lugar dos mortos. Você vai ter que enfrentá-lo no inferno. Mas Cérbero, ele mesmo, não é nada de outro mundo.

* * *

E, para lamento de Hércules, acabaram os três chegando ao tal Estige. Muito mais rapidamente do que ele supunha.

Nosso herói se contorcia de temor. O final do trabalho, teria que realizá-lo sozinho.

Os deuses olimpianos se despediram. Tinham-no conduzido pela mão até a escadinha de acesso ao ringue. Se continuassem, invalidariam a tarefa. Por isso, se foram.

Uma vez sozinho, Hércules, como sempre, avançava apesar do medo. Sabia geri-lo com sabedoria. Era um homem corajoso. Não se deixava imobilizar.

Assim que conseguiu dominar seus temores, eis que surge, em meio àquelas águas escuras, um velhote no interior de um barco. Ele parecia tranquilo. Ao avistar Hércules, chegou a sorrir, exibindo os poucos dentes remanescentes.

Hostilidade zero.

O velho desdentado, o barco, o Estige, os rios da morte, tudo escuro, tudo pronto, cenário arrumado, esperando pela entrada definitiva de Hércules no mundo dos mortos, para enfrentar o Cérbero. Sem Atena e sem Hermes.

* * *

O que vai acontecer com o nosso herói é assunto para o próximo capítulo.

Agora é hora de lavar os ouvidos com cotonetes japoneses.

Tenho esse hábito e gosto de pô-lo em prática, todos os dias, sempre no mesmo horário. A particularidade dos tais cotonetes — ao menos desses que tenho em casa, adquiridos em confiável loja de chineses num mercado em Luanda — é que a parte do algodão simula um parafuso. Com suas reentrâncias circulares. Esse detalhe facilita a aderência das impurezas quando da introdução do referido utensílio de higiene nos ouvidos.

Advirto que é muito comum um dos ouvidos, sistematicamente o mesmo, acumular mais sujeiras do que o outro. No meu caso, o direito. A causa dessa tendência está hoje entre os fenômenos da vida cotidiana que mais me intrigam.

Antes que o leitor ou a leitora levantem hipótese infundada, imputando ao formato arrojado do produto oriental a responsabilidade por aquele teimoso desequilíbrio entre os ouvidos quanto às suas imundices, eu antecipo dado importante. Com cotonetes fabricados no Ocidente, a tendência se mantém, sem que nenhuma variação significativa mereça destaque.

Capítulo 57
Avisa a Dejanira, por favor!

Atena sorria tentando encorajá-lo. Mas viraram--lhe as costas, Hermes e ela, e partiram, deixando Hércules lá sozinho.

O velho do barco apareceu. Impossível discernir sua fisionomia, tamanha a bruma e a falta de claridade. Um cenário tenebroso ao qual Hércules começava a se ambientar.

Dava para ver uma barba longa, desarrumada, desajeitada e aparentemente suja. Embora tranquilo em aparência, seus olhos pareciam lançar fogo. Havia algo de repugnante no conjunto, apesar da atitude pacífica.

— Suba — disse o velho. — Anda logo que eu não tenho tempo a perder.

As palavras pareciam duras. Mas o tom era amistoso. O contraste ficou simpático.

— Aqui você não precisa pagar. Estão esperando por você.

Hércules obedeceu.

A embarcação avançava sem turbulências. Mas o percurso foi tenebroso, horrendo, medonho. O que Hércules via eram sombras, sombras com formas humanas e desfiguradas, que se deslocavam com rapidez sobre o rio.

Essas formas humanas emitiam sons de dor e desespero. Estendiam os braços em direção ao barco. Atravessavam rapidamente o rio, por cima das águas escuras. O rio tinha um odor insuportável.

As sombras eram ameaçadas por outras vozes de comando. Se não se afastassem, seriam condenadas a um deserto cheio de serpentes e monstros. Aparentemente a coisa não acabava por ali. Era sempre possível ser mandado para um lugar ainda pior.

Hércules entendeu que, de fato, tal como todos acreditam, ninguém estava de boa naquele lugar.

No entanto, mais distante dali, via-se outro espaço. Completamente iluminado. Para onde, supostamente, eram mandados os que, ao longo da vida, agiram com justiça. Era um lugar calmo. Contrastava com o resto pela claridade. Havia rosas. Havia paz. Parecia muito agradável.

Voltando a Hércules.

Uma daquelas figuras aterrorizantes agarrou-se ao seu braço. De tal modo que impedia o barco do velho de seguir o seu percurso.

Hércules tentou se livrar, mas era inútil. Não havia como empurrar, socar, agredir. Não há como tentar matar quem já está morto.

Resignado, Hércules resolveu tentar entender o que aquela alma penada estava a lhe dizer:

— Eu sou o Meléagro. E tenho muito pouco tempo para lhe falar. Por isso, vou direto ao ponto. Tanto quanto você, eu sou vítima da cólera e da perseguição dos deuses. Meu pai, Eneu, ofereceu sacrifícios a todas as divindades, mas esqueceu-se de Ártemis. A deusa se vingou, enviando um javali que destruiu o lugar onde ele vivia. Eu enfrentei o javali. E estava a ponto de vencê-lo. Mas, doente de ódio, acabei matando os irmãos de minha mãe, meus tios, que me amaldiçoavam. Com medo de cometer outros crimes, acabei me retirando. Mas os deuses não me perdoaram. Decidiram me punir. Desse modo, eu estou condenado a viver aqui por toda a eternidade.

Hércules, escutando atentamente, pergunta:

— E o que eu tenho a ver exatamente com tudo isso?

— Eu tenho uma irmã, Dejanira. Ela ainda está viva. Peço, em nome da paz do meu espírito, que, se você sair daqui, encontre Dejanira e lhe diga o quanto eu a amo. Diga-lhe o tamanho da minha dor, o tamanho do meu desespero, de sabê-la só e desamparada. Prometa-me, Hércules. Encontre Dejanira.

Hércules, então, ouvindo aquele testemunho sincero, genuíno e desesperado, acabou prometendo a Meléagro que encontraria sua irmã Dejanira e lhe diria tudo aquilo. Hércules sabia, mais do que ninguém, o que significava viver atormentado pela raiva dos deuses.

E a alma de Meléagro se foi. Como se o seu tempo tivesse mesmo se esgotado. Outras almas tentaram se aproximar.

O barco avançava. No seu ritmo. Indiferente às angústias. Avançava com Hércules e como Hércules. Avançava por avançar.

O que poderia estar à espera do nosso herói? Como se daria o encontro com Cérbero? Como aconteceria a primeira abordagem? Perguntas sem resposta que atormentavam o espírito do nosso herói o tempo todo.

Bem. Depois dessa conversa com a alma de Meléagro, vou pedir ao José Simão umas gotas do seu famoso colírio. Aquele, alucinógeno. Porque a partir de agora, para trás, nem para pegar impulso.

Um novo capítulo, por favor. Que agora só paro mesmo na hora que acabar.

CAPÍTULO 58
GIVING A CHANCE

A embarcação, finalmente, aproximou-se da margem. Hércules foi solicitado pelo velho a desembarcar. Ao pisar em terra firme, foi recebido por comitiva de prestígio. Sua angústia, seu temor e sua solidão. Já por parte dos locais, ninguém.

Os gritos de pavor e desespero, esses continuavam. Em alto e bom som, como dizia tia Erda. Gritos de suplício que só reforçavam a sua desolação.

* * *

Quando começou a se inquietar sobre o rumo a tomar, nosso herói ouviu uma voz, feminina e rouca, que lhe disse:

— Bem-vindo, Hércules, aproxime-se sem medo.

Depois de dez anos de labuta heroica, ele tinha todos os motivos para se acautelar. O que ele queria mesmo era sair daquele lugar. Nada ali cheirava bem. Mas essa pedida não figurava em cardápio nenhum.

Para começar, ele não tinha a mais remota ideia de onde estava. Em segundo lugar, ele não distinguia quase nada. Formas indistintas, contrastes entre vários tons de cinza, tudo embrumadinho.

Eis que outra voz debochada diz:

— Não é você o herói? O herói de todos os gregos? Que desafia os deuses? O mais corajoso dos humanos vivos? Gozado que, vendo você daqui, temos a nítida impressão do contrário.

Hércules ficou mordido. Aquela provocação, em condições normais, teria bastado para ele encarar um batalhão. Fechou os punhos preparando-se para a batalha. Mesmo sabendo que, contra mortos, seus socos, golpes, estrangulamentos seriam de pouca utilidade.

* * *

Avançando um pouco mais, ele conseguiu distinguir Perséfone, a mulher de Hades, o deus do inferno.

É preciso lembrar que Hades não era titã. Era deus da segunda geração. Portanto, irmão de Zeus.

Ponto para Hércules, pensam os mais apressados.

— Chegue mais perto — disse Perséfone. — Fico feliz em te ver. Você sabe que as visitas aqui no inferno não são muito frequentes. Chegue mais perto — insistiu ela —, para eu poder te dar um abraço.

Hércules se aproximou e não conseguiu evitar a expressão de nojo ao se deparar com aquela bruxa de cabelos longos, escorridos e unhas tão longas quanto. Curioso porque, rezava a lenda, Perséfone fora muito bonita.

Sem acusar a rejeição, ela disse:

— Eu vou te levar até Hades, o meu marido. Pode me acompanhar. — Eles, então, percorreram longos corredores, intermináveis. Até chegar ao lugar onde vivia o deus do inferno.

* * *

Ali estava ele. Sentado em uma cadeira. A chegada de Hércules era esperada. Logo que Hércules se aproximou, vislumbrou ao lado do deus o seu pimpolho de estimação. Cérbero, o guarda dos infernos, o monstro com três cabeças.

Hércules mostrou-se muito respeitoso. Encheu--se de coragem. E, por fim, tomou a palavra:

— Venho por ordem de Euristeu. Minha tarefa é levar até o rei de Micenas o cachorro Cérbero.

Hades riu gostosamente. E respondeu:

— Eu sei disso. Zeus me falou de você. Foi por isso que deixei você entrar aqui. Afinal de contas, você é meu sobrinho. Mas isso de levar meu cachorrinho (mais risos) ... Sabe o que é? Vou te explicar: eu não gostaria de me separar dele. Ele me é muito querido e muito fiel.

Hades acariciava uma das cabeças do animal, que cerrava as mandíbulas fazendo trincar os dentes de três bocas.

Então o deus continuou:

— Olha, Zeus me fez um pedido. Eu não posso deixar de atendê-lo dando a você uma chance. Assim, não poderão me acusar de intransigência. O que eu posso fazer é o seguinte: você, se quiser, enfrenta Cérbero. Sem armas, com mãos limpas. Se conseguir dominar o cachorro, você o leva.

* * *

Hades tinha certeza de que Hércules estava condenado à morte.

E, com sua proposta, fora, digamos, atencioso ao pedido de Zeus.

O que acontecerá?

Você já sabe que Zeus é bom de briga. Hades, por seu turno, conhece o bicho que guarda os infernos. Todos estão bem confiantes.

Do nosso lado, Hércules já enfrentou adversários tão temidos quanto. Claro que, como disse Atena, brigar no inferno é como jogar no campo do inimigo com toda a torcida contra. Mas Hércules é Hércules.

* * *

Sobre o que está por vir, só depois de uma tapioca de ovo. Tapiocas não contêm glúten. E essa descrição do inferno me animou a uma dieta de glúten.

Dizem que o glúten é um veneno para inflamações. E como eu sou um inflamado por natureza, vitimado por um organismo que teima em se atacar quando se encontra potente, a partir desse instante vou eliminar o glúten da minha dieta. Assim, conservo a impotência e impeço meu corpo de fazer mal a ele mesmo.

Hércules enfrenta Cérbero para poder voltar do inferno. Eu elimino o glúten para adiá-lo quanto puder. Doravante, só comida sem glúten e cotonetes japoneses.

Capítulo 59
PLURALIDADE CEREBRAL

Segundos antes do começo do combate, Hércules se certifica de que a pele do leão de Nemeia está ali a cobri-lo. Era sua proteção para o corpo e amuleto para a alma. Do leão ao Cérbero, a saga de mais de uma década de provações. A sensação de nunca estar sozinho. *You will never walk alone*, cantam os torcedores do Liverpool para o time. Eis o papel daquela couraça natural.

Uma vez verificada a proteção, nosso herói, assim que soou o gongo, como era do seu estilo, partiu para cima do adversário.

Nunca fora um contendor cauteloso, desses que ficam estudando os primeiros movimentos do oponente para só depois contra-atacar. Sempre adotara um estilo Mike Tyson de enfrentamento. Entra para derrubar o mais rapidamente possível. Sem nenhuma preocupação em fazer durar o espetáculo.

* * *

Mas Hércules, nas primeiras iniciativas, não conseguia achar seu adversário. Cérbero se mostrou muito ágil e excelente nas esquivas. Suas cabeças se deslocavam em alta velocidade, voltejavam no improviso, para um lado e para o outro.

No Olimpo, as duas torcidas acompanhavam os primeiros movimentos da luta. Zeus, Atena e Hermes apreensivos. Hera e suas acólitas, certas da vitória.

Hércules tentava escapar das cabeçadas de Cérbero. Mas, quando saía de trajetória de uma era imediatamente atingido pela outra. E cada cabeça carregava uma boca cheia de dentes, pronta para abocanhar o herói e triturá-lo.

As cabeças de Cérbero se enroscavam em torno do tronco de seu adversário. Tentavam mordê-lo a todo custo. Mas nosso herói driblava as bocas como podia.

* * *

Uma conjectura para fazer suspense.

Estamos habituados a relacionar a vontade às faculdades intelectivas, ao uso da razão, ao raciocínio chamado prático de quem a manifesta. Ao mesmo tempo, também é arraigado em nós o vínculo entre pensamentos de todos os tipos com o cérebro, este último situado na cabeça. Por fim, é uma estrita obviedade para todos nós que tudo isso acontece numa única cabeça.

Mesmo aqueles que dão enorme importância ao inconsciente, às forças vitais, ao mundo subterrâneo, em suma, ao que não passa pela nossa cabeça com clareza e diariamente, admitem que a parte consciente e pensante da alma, por mais insignificante que seja, mesmo que simples ponta de um iceberg muito maior e mais complexo, atrelam esse mundo da representação à nossa cabeça, que é uma só.

Pois bem. Você já deve estar impaciente. Onde estarei eu querendo chegar?

Num ser com três cabeças. Por mais que seja um cachorro, certamente tem rudimentos de atividade pensante. Fragmentos de prática de representação. Os zoólogos de hoje nos asseguram a notável inteligência de certos cães, que transcende e muito a mera luta pela sobrevivência.

Ótimo. Como ocorrerá essa atividade de um ser com três cabeças? Haverá uma divisão funcional entre os cérebros? Por exemplo, atividades com números, como contar, a cargo do primeiro. Atividades de identificação imediata de movimentos com o segundo. E as lembranças com o terceiro?

Nesse caso, pergunto: como as informações de um chegam ao outro? Porque a vida prática requer uma combinação permanente entre práticas distintas da mente.

Assim, numa luta, lembramos do que acaba de acontecer, discernimos o resultado pretendido de nossa ação e definimos as nuances dessa ação enquanto intervenção de nosso corpo e alma no mundo, tudo isso em uma fração de segundo.

Ou tudo isso se passará em um dos três, sendo as duas outras cabeças descerebradas?

Não tenho ideia. Mas com isso ganhamos um respiro. O que nos dá fôlego para esses instantes finais. Só que não aqui. Não se escreve um livro com 59 capítulos sem receio de pecar pela fragmentação, pela falta de inteireza e de arredondamento.

Por isso, fechemos o 59. Para concluirmos no 60.

Capítulo 60
Areia para seis olhos

Como vimos, a peleja não começara favorável ao humano filho de Zeus. A ponto de ele se ver obrigado a recuar. E, sabemos todos, Hércules levava à risca os ensinamentos do velho Clóvis de Barros. Para trás, nem para pegar impulso.

Hades, ali mesmo, e Hera de longe exultavam. Tudo corria dentro do esperado por eles. Triunfaria o mais forte, Cérbero. Sem discussão.

Hércules, agora mais cauteloso, lembrou-se do conselho de Atena.

— Tente sufocá-lo.

Assim o faria. Atena não diria aquilo por leviandade. Ou simplesmente por não ter nada mais para dizer. Se ela falou, era indicação divina. E os deuses sabem das coisas. Mesmo em se tratando de briga, assunto que ele dominava com doutorado e tudo.

A estratégia que adotou foi muito simples. Dessas que fazem lembrar briga de colégio. Agachou-se, pegou um pouco de areia com as mãos, provavelmente com um pouco de terra também, enquanto o animal o fitava sem entender o propósito do gesto.

Logo viria a se dar conta.

Hércules arremessou aquela mistura nos olhos do adversário. Lembrando que eram três pares. Repetiu, portanto, a operação para cada cabeça do monstrinho de Hades.

O cachorro foi, estupidamente, surpreendido por aquela manobra. Debatia-se em revolta. Estava provisoriamente cego. Portanto, sem condições de enxergar seu adversário.

* * *

Cérbero emitia sons de ódio profundo. Como se a investida de Hércules não tivesse sido válida. Como se eticamente um contendor não pudesse recorrer àquele estratagema. Como se tivesse havido falta de fair play e aquele tipo de duelo não admitisse recurso tão vil.

Hércules, lutador pragmático, para quem só o resultado importa numa luta e ganha-se do jeito que for possível, ignorou a indignação de Cérbero. E fez mais. Aproveitou-se daquele momento de fragilidade e pulou em cima do animal. E o abraçou por trás, para sufocá-lo, como sugerira Atena.

Ele então o estrangulava com todas as suas forças, lutando contra os movimentos de reação do cachorro.

No entanto, pouco a pouco, faltava ar ao animal. Cada vez mais. Cérbero dava sinais de fraqueza e impotência. Um sentimento de surpresa e desespero tomou conta da sala. Foi quando Hades interrompeu o combate. Jogou a toalha.

— Pare! Eu não quero que ele morra.

Então Hércules disse:

— Preciso de uma corrente para levá-lo a Micenas. Nada de mal vai lhe acontecer.

Hades não gostou nada do desfecho dessa história.

Hércules, marrento, ainda lhe disse:

— Peço-lhe, deus Hades, que o advirta para não me atacar durante o percurso. Em hipótese alguma. Para que não tenha eu que lhe trazer uma triste notícia ao retornar.

Hades, cheio de carinho com seu cãozinho, o advertiu para que fizesse o que aquele moço determinasse.

E disse a Hércules:

— Eu quero que ele volte são e salvo. — E desapareceu.

Hércules, por fim, deixa o inferno. E faz o caminho de volta. Chega a Micenas, depois de uma década de sacrifícios, coberto de glória e de alegria, com Cérbero na coleira.

Euristeu, já ciente do último feito de seu primo, escondeu-se. Deixou o palácio vazio por semanas. Nesse tempo, a Grécia festejava o maior triunfo do seu grande herói.

* * *

Costumo afirmar, no final das minhas palestras, que um instante de vida boa tem por sintoma o desejo de repeti-lo indefinidas vezes. Ou, quem sabe, o desejo de que não chegue ao seu final, ou ainda, tarde muito para acabar.

Que tenha sido assim esta leitura. Que tenha valido por ela mesma. Pelo deleite experimentado. Pela fantasia proporcionada. Pelas viagens de espírito desencadeadas. Pela emoção despertada.

* * *

Nesse caso, concluo esta narrativa com a alma lavada. Agradecendo ao time da humanidade que, por séculos, não deixou a peteca cair, nem muito menos que essa história se perdesse. Para que eu, em tempos de hoje, também pudesse contá-la.

E, quem sabe, até para que você também se anime. Por que não? E cheio de vontade de contar uma grande história, pergunte ao garotão ou à meninona que tem em casa:

— Você já ouviu falar do Hércules? Conhece a sua história? Quer que eu te conte?

E tudo terá valido muito a pena. Porque a alma em você nunca foi pequena. E, desse modo, essa história continuará a ser contada por séculos, enquanto gente de alma grande como a sua existir no mundo.

DESVENDANDO AS PROFUNDEZAS DA CORAGEM E DA SABEDORIA

1. Enfrentando o desconhecido

A jornada para o inferno: em nossa jornada pessoal, muitas vezes nos deparamos com desafios que parecem infernais. O caminho de Hércules para encontrar o inferno simboliza nosso próprio percurso em momentos difíceis e desconhecidos. A lição aqui é a coragem de seguir em frente, mesmo quando o caminho é incerto e aterrador.

2. Ouvindo as vozes do passado

A promessa a Meléagro: essa passagem ressalta a importância de honrar nossas conexões passadas. O pedido de Meléagro a Hércules para levar uma mensagem a sua irmã, Dejanira, nos lembra de que, mesmo na correria da vida moderna, devemos manter os laços com aqueles que já fizeram parte de nossas histórias.

3. Astúcia sobre força bruta

Luta contra Cérbero: a batalha de Hércules com Cérbero foi um teste não apenas de força, mas também de inteligência. Esse episódio nos ensina que, em muitos casos, a astúcia é mais eficaz do que a força bruta. A vida moderna exige que sejamos tanto fortes quanto inteligentes em nossas abordagens.

4. A dualidade da existência

O inferno de Hércules: a experiência de Hércules no inferno simboliza a dualidade da existência humana – a luz e a escuridão, a dor e a alegria, o desespero e a esperança. Esse capítulo nos incentiva a aceitar todas as facetas da vida, compreendendo que cada experiência contribui para o nosso crescimento.

5. Compreensão e empatia

Retorno do inferno: ao concluir sua missão, Hércules emerge do inferno transformado. Esse retorno simboliza a jornada de volta da adversidade, enriquecida com uma compreensão mais profunda da vida e uma maior empatia pelos outros. Assim, aprendemos que nossas batalhas e vitórias nos moldam e nos preparam para enfrentar novos desafios com sabedoria e compaixão.

Cada um desses capítulos nos oferece uma visão única sobre a jornada da vida, lembrando-nos de que, como Hércules, possuímos a força para enfrentar nossos desafios e a sabedoria para aprender com eles.

CONCLUSÃO

Ao concluirmos esta jornada, fica evidente que as façanhas de Hércules vão muito além da força bruta e da coragem física. Cada um dos seus trabalhos, analisados nos sessenta capítulos, desdobra-se em múltiplas camadas de significado, oferecendo uma visão mais profunda sobre os desafios humanos. A verdadeira grandeza de Hércules reside em sua capacidade de evoluir, de enfrentar suas sombras internas e de aprender com cada obstáculo. Assim como Hércules, somos convidados a encarar nossos próprios monstros, a superar nossos infernos pessoais e a buscar sempre a melhor versão de nós mesmos. Este livro não é apenas sobre um herói mitológico; é sobre cada um de nós, enfrentando a jornada heroica da vida com coragem, inteligência e, acima de tudo, um coração disposto a aprender e a crescer.

Livros para mudar o mundo. O seu mundo.

Para conhecer os nossos próximos lançamentos
e títulos disponíveis, acesse:

🌐 www.**citadel**.com.br

f /**citadeleditora**

📷 @**citadeleditora**

🐦 @**citadeleditora**

▶ Citadel - Grupo Editorial

Para mais informações ou dúvidas sobre a obra,
entre em contato conosco pelo e-mail:

✉ contato@**citadel**.com.br